賢吾の手が佐知の腰を掴もうとする。その手を払い、佐知は賢吾の胸に手を置いてゆっくり腰を振り始めた。

「ぁ……駄目、今日は俺の、好きにする……っ」

賢吾のシャツのボタンを外し、乳首に触れる。ひく、と奥で賢吾のものが震えて、それがたまらなく善かった。

「あ、もっと……っ」

奥まで欲しい。その欲求に忠実に、賢吾に跨ったまま膝を立てる。自然と足が開くと、賢吾が息を呑んだ。

極道さんは新生活でもパパで愛妻家

佐倉 温

23926

角川ルビー文庫

目次

口絵・本文イラスト／桜城やや

閑静な住宅街の一角にある、桁外れに大きな屋敷。その屋敷には、見るからにその筋のものだと分かる大きな看板が掲げられている。

『東雲組』と書かれたその看板が示している通りの極道組織ではあるが、古くはテキ屋としてこの町に根付いてきた経緯もあって、今も地域との係わりは深い。当代の組長の東雲吾郎は拳銃や薬の密売をシノギとすることを禁じているため、東雲組の縄張り内はかえって治安がいいという側面もあり、地域の者にはある意味では警察よりも貢献している部分もあった。

吾郎は高齢で持病を抱えていたが、息子の東雲賢吾が若頭となってからは、時代に即した形で金を稼ぐようになり、まさに順風満帆。その勢いはとどまるところを知らない。

次期組長の座が決まっている賢吾はまだ三十代前半という男盛りで、端整な顔立ちと恵まれた体格は男女問わず人の目を惹きつけた。大胆かつ迅速な行動力と優れた才覚。何もかもを持っているような賢吾だが、そんな男にも長く手に入れられないものがあった。

それが『初恋』である。

初恋の相手は雨宮佐知。地域にある雨宮医院の三代目で、賢吾とは生まれた時から一緒の幼馴染みである。色素の薄い髪と、常に潤んでいるように見える瞳、目元のすぐそばにあるほくろが印象的な美形の男だ。

二人は長年すれ違ったままだったが、一年ほど前にようやく思いを重ね合わせることができた。そのきっかけとなったのが、吾郎の隠し子である東雲史との出会いである。

史を実子として引き取った賢吾が佐知を巻き込む形で子育てを始め、二人は時には喧嘩し、協力し合いながら史を育てることになった。賢吾と佐知の学生時代の後輩で今は賢吾の補佐である伊勢崎晴海や、佐知の医院で看護師をしている小刀祢舞桜の力も借り、三人は少しずつ家族として歩み寄ることができて。紆余曲折はあったものの、そのうちに賢吾と佐知は心を通わせ、佐知が賢吾の籍に入ることで、三人は名実共に家族となった。

そうして幸せな生活が始まるかと思ったが、史の伯父であるジーノの来襲、賢吾の母である京香の双子妊娠及び出産、京都にある佐野原組の組長の佐野原椿とお抱え弁護士の犬飼悟の揉め事など、騒動は次から次へと押し寄せる。

だが騒動は悪いことばかりではなく、三人の家族としての絆をより強いものにしていく。そしてジーノの結婚、史の卒園式など、それぞれの節目のイベントも迎え、そのたびに家族としての喜びを分かち合ってきた東雲家は、新たな節目のイベントを迎えることになる。

史がとうとう小学生になるのだ。

新たな生活の始まり。

……となれば、新たな騒動の始まりでもある。

「ねえみてさち！　ぼくかっこいいでしょ⁉」

本日すでに両手で足りないほど聞いた台詞だが、鏡で自分を確認しながら目をきらきらとさせる史の様子に、佐知は夕飯を作っていた手を止めて「ああ、よく似合ってるよ」と笑顔で返す。

「だよね！」

頬を紅潮させて鼻を膨らませる史の表情は、満足と自慢をこれでもかというぐらいに表している。それもそのはず、史が今背負っているランドセルは、この世で一番史を愛しく思っている人からの贈り物なのだ。

嬉しそうにしている史を見ていると、この結果に落ち着いて本当に良かったと思う。それと同時に、この結果に落ち着くまでの大変さを思い出して、自然とため息が漏れた。

「無事解決してよかったよなあ……」

去年の秋頃から、東雲家では水面下での争いが激化していた。

原因は史のランドセルである。

来年の春には史が小学生になる。そう皆が意識し始めた辺りから、戦いの火蓋が切られてしまった。

『史のランドセルはいつ買いに行こうかねえ』

最初に口火を切ったのは京香である。日曜日の昼、急な仕事で賢吾が家を空けている間にやってきた京香は、佐知が淹れた茶を一口飲むなりそう切り出した。

確かに、そろそろランドセルを買わなければいけない時期か。佐知はその言葉でようやくランドセルを意識し始めるような有り様だったので、この問題に対処する能力がなかった。

すっかり自分が買う気満々で『最近は男の子でも赤を好む子もいるらしいねえ』と楽しげに話す京香に、この時の佐知が何を言えただろう。

するとまるでそれを聞いていたみたいに、ほどなくしてジーノから連絡が来た。

『どんなランドセルがいいか、史に確認しておけ』

文章で送られてきたそれを見た時は、まだ余裕があったのだ。だがそれから数日後、佐知の父である安知から送られてきた葉書にも『史は何色のランドセルが欲しいんだ？』と書かれているのを見た後、保育園のお迎えで会った保護者の何げない一言でようやく、佐知は事の重大さを知ることになるのである。

『ランドセル問題、どうなってる？』

『ランドセル問題って？』

『ほら、誰が買うかって大体揉めるじゃない？　うちなんて、うちの親と旦那の親に、おじいちゃんやおばあちゃんまで、誰がランドセルを買うかで揉めに揉めて、頭が痛くなっちゃってさあ』

保護者の言葉に、佐知は頬を引き攣らせた。今まさに我が家もその状況であると気づいたからだ。

京香と吾郎、ジーノに安知。揃いも揃って我の強い人達で、どう考えても引きそうにない。

ランドセル問題。まさかそんな落とし穴があったとは。あちらを立てればこちらが立たず。誰を選んでも揉めそうな気配に、考えただけでうんざりした。

うんざりした佐知がどうしたか。とりあえず保留にした。臭いものに蓋をするつもりはなかったが、ちょうどあれこれと騒動が起こっていたのをいいことにすっかり後回しにしたのである。

そして、やってきた冬。騒動と騒動の合間の珍しくのんびりとしたある日、前日にまたもやジーノからのメールを受け取った佐知は、ようやく賢吾に切り出した。

『そういえば、ランドセルのことなんだけど』

『ランドセル？　ああ、そろそろ買わねえとな。今度、史と見に行くか』

史が寝た後の二人だけの時間。夕飯も風呂も終えて、互いに寝る準備を万全に整えてからのんびりと会話をするのが一日の楽しみなのだが、史の子育てや家事についてのあれこれも話し合う、必要不可欠な時間でもある。

『いや、その前に問題があって』

『何だよ』

『誰がランドセルを買うか問題』

『はあ？』

何だそれは。そう言葉にする代わりに、佐知の膝を枕にしてソファーで寛いでいた賢吾が眉間に皺を寄せる。それを指で伸ばしてやりながら、佐知はここ最近の周囲からのプレッシャーについて話した。

『全員断れ』

佐知の話を最後まで聞いてから、賢吾は簡潔にそう言った。

『もしかして、お前が買うつもりか？　そりゃあ、父親であるお前が買うって言えば皆諦めるかも……いや、諦めるか？』

それぞれの顔を思い浮かべただけで、無理だろうと即座に思ったのは仕方がない。全員、我が強過ぎる。その程度ではいそうですかと諦めるとは思えない。

『俺じゃねえよ』

『じゃあ、誰に頼むつもりなんだ？　全員が納得して諦めるような人なんて――』

『アリアだ』

『え？』

『史のランドセルはアリアが買う』

アリアと言えば史の母親だが、すでに故人である。そのアリアが史のランドセルを買うなんて、現実には不可能だ。

けれどこちらを見上げる賢吾の表情には冗談の欠片もなくて、本気で言っているのだとすぐに分かった。

『アリアさんが買ったことにするのか？　史は喜ぶだろうけど、それでジーノ達が納得するとは――』

『違う。本当にアリアが買うんだ』

にやりと賢吾が笑う。こいつ、また何か俺に黙っていたことがあるな。

賢吾は一から百まで全てを佐知に話す訳ではない。秘密主義な訳ではなくて、その時に必要な情報を取捨選択するところがあって、今現在必要がなく、かつ聞かれてもいないことをおろそかにしがちだ。

『分かるように説明しろよ』

鼻を摘まんでやると、賢吾は『痛えよ』と大袈裟に顔を顰めてから教えてくれた。

『亡くなる前に、アリアから史名義の通帳を預かった。史のために使ってくれってな。大した額じゃねえが、アリアが史のために必死に貯めたもんだ。いつか史が大人になった時に渡してやろうと思って、それまで使う気はなかったが、まあ、こういう時こそ使ってやるべきじゃねえかなって』

『賢吾』

『何だよ』

『お前って、最高だな』

『当たり前だろ。誰の番だと思ってんだ』

賢吾は番という言葉をやけに気に入っているが、佐知もその響きが嫌いじゃない。対等な気がして、むしろ最近は佐知も好んで使うことがあるぐらいだ。

『はは、さすが俺の賢吾！』

長く頭の片隅にあった問題があっさり片付いた嬉しさで、佐知は賢吾の顔を引き寄せて熱いキスを送り、そしてその夜は盛大に盛り上がった訳だが、思い返すと盛り上がりすぎてやらなくていいことまでやってしまった気がする。……それはともかくとして。

翌日、全員に賢吾からの言葉を伝え、それなら仕方がないと全員から了解の返事を得たところで史に伝えたら、それはもう大喜びだった。

『まま!?　ままがぼくのらんどせるをかってくれるの!?』

『そうだよ。史のママからの贈り物だって』

『やった！　ぼく、ままがくれるならなにいろでもいいよ！』

史はぴょんぴょんと家中を飛び回って喜んだ。そのあまりのはしゃぎようを微笑ましく眺めた後で、賢吾が『自分で好きな色を選んでいい』と言った時には、『えらんでいいの⁉』と更にはしゃいで、東雲家が賑やかで幸せな空気に包まれたのが三月前。

そうして今日、ようやく史が選んだランドセルが届いたのである。

わざわざオーダーメイドまでしなくてもいいのではないかと佐知は思ったが、いつもは最終的に折れて佐知の意見を通す賢吾がこの時ばかりは譲らず、ランドセルの製作は東雲組が贔屓にしている鞄の製作所に頼むことになった。

『六年間使うもんだからな。丈夫さと軽さ、その他諸々、妥協なくしっかりしたもんを作っとかねえと』

賢吾がそう言った時には、今時ランドセルを六年間使い続ける子がいるだろうかと思ったが、大好きなママからの贈り物である、確かに史なら六年間使い続けるだろう。そうであるなら、丈夫なものを作っておいて損はない。

実際に届いたランドセルを見てみると、その思いは更に強くなった。丈夫さと軽さを併せ持ち、更には長く使えそうな飽きの来ないデザイン。時間と金をかけた甲斐のある代物だ。

史はぎりぎりまで色で迷っていたが、最後に選んだのはママが大好きだったという赤で。それを聞いた賢吾は『派手な色だと見つけやすくていいな』と笑っていたが、実際に史が背負っているのを見ると、佐知は心配でたまらなくなった。

こんなに可愛い子が見つけやすい色を身に着けていたら、攫われてしまうのでは？

史に強請られて撮った写真と共に賢吾にその文面をつけて送ったら、『親馬鹿も大概にしろ』という言葉と腹を抱えて笑ううさぎのスタンプが送られてきたのがさっき。

どうやら写真ではこの破壊力のある可愛さを伝えきれなかったらしい。賢吾も実際に史の姿を目にすれば、佐知の気持ちが分かるに違いないのに。

そんなことを考えていたら、ピコン、と佐知のスマートフォンが通知音を鳴らす。操作して確認して、佐知は小さくため息を吐いた。

「ねえ、いまのぱぱ？　もうすぐかえってくる？」

音に気づいた史が、鏡を見るのをやめて駆け寄ってくる。

「いや、やっぱり今日は遅くなるってさ」

「そっかあ……ぱぱ、おしごとがいそがしいねえ」

そうなのだ。賢吾は現在、仕事がとんでもなく忙しいのである。そもそも忙しい身の上であるというのに、イタリアに行くために半ば強引に長期の休みを入れたので、ほとんど自業自得とも言える状況なのだが、ここ数日は夕飯も一緒に食べられていない。

賢吾は史との時間を大切にしている。そんな賢吾が夕飯時に一時帰宅すらしない時は、それはもう想像を絶する忙しさということだ。現に、佐知と二人の時間も取れていない。佐知が寝た後に帰り、佐知が起きる前に出掛けていることがほとんどだ。

自分をおろそかにしがちな賢吾を心配して夜食を用意しておけば、全部食べて皿まで洗ってあるし、『美味かった、愛してる』と書き置きもしてあるので、帰ってきてはいるらしいということだけは分かるが、寝る時間を確保しているのかは怪しい。

賢吾には史と佐知の寝顔を見るためだけに帰ってくるようなところがあるので、そういう暇があるなら少しでも寝て欲しいと思う佐知である。

「ねえ、またぱぱにおしゃしんおくってあげよ？　ぱぱ、ぼくたちにあえないとさみしくてしんじゃうから」

出会った頃は身の置き所がない顔でおどおどしていた史は、今ではすっかり愛されている自信に満ち溢れた子供だ。ふとした時に見せていた遠慮や戸惑いはいつしかなくなり、最近では我が儘を言って困らせることもある。

先日はホームセンターでカエルを飼いたいと駄々を捏ね、賢吾を心底困らせていた。だが、佐知は知っている。カエル嫌いの賢吾なら、カエルを飼わない代わりにアイスを買ってくれると分かった上で、史が駄々を捏ねていたということを。

『史のやつ、カエルを突きつけてくるなんてひどくねえか？』

そう言いながら弱った顔で笑っていた賢吾は、全部分かった上で知らん顔で騙されてアイスを買ってやっていた。そういう賢吾のおおらかな愛情のお陰で、史はすくすくと育っている。

「ねえさち、はやく！」

「はは、そうだな。せめて写真で元気づけてやろうか」

　佐知がスマートフォンを操作し始めると、史は佐知に抱き着いて頰と頰をむぎゅっと押しつけた。

「ほら！　はやくとって！」

　ぱしゃっという音と共に、スマートフォンの画面に佐知と史の笑顔の写真が現れる。互いの頰がむにゅっと圧し潰されて、面白い顔になっていた。

　うん、よく撮れてる。きっとこれを見たら、賢吾だって笑顔になるはずだ。確認してから賢吾に送ると、すぐに既読がついた。

【即行で待ち受けにした】

【ぱぱ、がんばってね！】

　佐知からスマートフォンを受け取った史がそう返事を打つと、すぐにまた既読になって返事が来る。返ってきたのはやる気満々なうさぎのスタンプだった。

「どんな顔して選んでるんだか」

　どうせ顔面が土砂崩れを起こして、隣にいる伊勢崎に呆れた顔をされているんだろう。簡単に想像がつくぐらい、賢吾は佐知と史に対する愛情表現があからさまだ。

【あいしてるからがんばって！】

【おい、今のはどっちが打ったんだ？】

ただの文字の羅列のはずなのに、前のめりになる賢吾が思い浮かぶから面白い。佐知は史からスマートフォンを取り上げ、手早く文字を打った。

【どっちも！】

そうしてやってきた史の入学式当日。

「どう!?　ぼく、かっこいい!?」

鏡で何度も自分の姿を確認していた史が、ようやく満足したのか、こちらに振り返って声をかけてくる。

卒園式のために作ったスーツのパンツの穿き心地が気に入っている史は、ジャケットの代わりにベストを着るという着回しテクニックを見せた。せめてこれぐらいはと新調したチェック柄のネクタイとオフホワイトのベストは、ブラウンのグレーチェックのパンツとよく合っていて。新しいスーツを買えばいいのにと不満げだった賢吾も納得の仕上がりである。

小学校の入学式には親の出番はほぼないので、賢吾と佐知は無難にスーツを着ていた。賢吾のネクタイと佐知のベストが史とお揃いなのは、賢吾の拘りポイントである。

「今日の史は恰好いいよ」

居間の真ん中でくるりと回って見せた史にそう太鼓判を押せば、「ちがうでしょ、さち！」と史が唇を尖らせた。

「きょうのふみは、じゃなくて、きょうのふみも、かっこいいの！」

最近の史は、可愛いより恰好いいと言われたいお年頃なのだ。

「ははっ、そうだよなあ、史はいつだって恰好いいよなあ。分かってねえなあ、佐知は」

今日は久しぶりに朝から一緒にいる賢吾が、白々しく史の肩を持つ。

おのれ裏切り者。さっき小さい声で『史は可愛いなあ』って言ってたの、俺は知ってるんだぞ。今だってどう見たって、恰好いいより可愛いだろうが。言ったら怒られるから言わないけど。

史に告げ口する代わりに、さりげなく賢吾の足を踏みつけてやる。賢吾はくくっと笑っただけで、逃げるでもなく踏みつけられたままで余裕の表情だ。

「朝から佐知の足の裏の温もりを感じるのも悪くねえな」

「変態」

「何でだよ」

「踏みつけにされて喜んでるなんて、変態以外の何物でもないだろうが」

「言い方に語弊がある。それじゃあまるで俺が変態みたいじゃねえか」

「だからそうだって言ってるだろ」

「もう！　きょうはぼくのにゅうがくしきだよ!?　あさからけんかしないの！」

史にめっ！　と怒られて、佐知はしゅんとして「はい」と答えたが、賢吾は「はーい」と呑気に答えて佐知の肩を抱いた。

「おいお前、絶対反省してないだろ」

「だってお前が勝手に喧嘩を吹っかけてきたんだしなあ」

「はあ？　そもそもお前が裏切るのがわる――」

「こら！　けんかしない!!」

またしても史に怒られ、佐知は唇を尖らせたが、久しぶりにこうして三人で朝から過ごせているのが楽しくて、少しばかり浮かれているかもしれない。いちいち賢吾に絡んでしまう自分に気づいていながら、それをやめられない。

もちろん賢吾はそんな佐知のことなどすっかりお見通しだから、佐知が何を言ってもにやにやと機嫌が良いのだ。

「むかつく」

また鏡で自分の姿を確認し始めた史の注意が逸れた隙に、佐知は小さな声でぼそりと呟く。

もちろん、それを聞き逃す賢吾ではない。

「そうか、嬉しいぞ」

「はあ？」

「お前のむかつくは愛情表現だって知ってるからな」

相変わらずポジティブな男だ。だけどそれを否定することもできず、佐知は再度呟いた。

「やっぱりむかつく」

「そうかそうか、俺のことが大好きか」

「言ってない！　むかつくって言ったんだ！」

「そんなに熱烈に告白されたら照れるなあ」

「お前のそういうとこ、ほんとむかつく！」

「俺も愛してるぞー」

佐知がどんなに怒ってみせても、賢吾は楽しそうに笑うだけで。いつもこうだ。怒るのが馬鹿馬鹿しくなって、抱き寄せてくる肩にことりと頭を預ける。

「俺も愛してるよ」

賢吾にだけ聞こえる小さな声で囁けば、肩を抱く手にぐっと力が籠もった。

「それは狡くねえか？」

「だって、愛情表現だって知ってたんだろ？」

上目遣いで賢吾を見つめ、佐知はふっと口元を緩める。

「賢吾、大好き」

「てめえ……俺が今日、帰れねえと思って言ってるだろ」

入学式が終わり次第、賢吾は仕事に戻ることになっている。その代わりと言っては何だが、夕飯は美味しい焼き肉店を予約してくれた。どんなに高い肉も賢吾がいなければ美味しさも半減してしまうのだが、今回は仕方がない。

「そうだよな、賢吾は今日、帰れないんだよな。残念」

たまにはゆっくり可愛がってあげたかったのにな。

語尾にハートマークが飛びそうに甘く囁いてやれば、賢吾がぐぬぬと呻き声を上げる。ざまあみろ。俺だっていつまでもやられっぱなしではない。

人間は成長するものである。いつかは佐知だって、賢吾を翻弄する大人の男に……なるための修行中なのだ。

【それでは皆様、新一年生の入場です。拍手でお迎えください】

会場となっている体育館に、先生の声が響き渡った。その声に促されるようにして拍手の音が続き、ぴかぴかの新一年生達が並んで入場してくる。

拍手をする佐知の隣で賢吾がビデオカメラを構え、小さな声で話しかけてきた。

「なあ、史は何組だった？」

「お前それ、さっきから何回聞いてるんだよ。忘れっぽいにもほどがあるだろ」

「違えよ、間違って見逃すなんてことがねえように、慎重に確認してんだって」

「三組だよ、三組！」

「二人共、静かにしてください。痴話喧嘩の声が入るんですよ」

賢吾の隣で真剣にビデオカメラを掲げて動画を撮っている伊勢崎の言葉に、その向こうからひょこっと顔を出した舞桜が「すみません」と苦笑混じりに謝罪を口にする。舞桜の向こうには舞桜の祖母のキヌもいて、同様に苦笑と共に頭を下げた。

「伊勢崎の失礼は伊勢崎のものだから、代わりに謝る必要なんてないんだぞ？」

「何を言っているんですか。この場でうるさくしている佐知さん達のほうが失礼に決まっているでしょう？　そもそもとして舞桜とキヌさんが謝る必要はないんです。むしろ佐知さんが謝るべきでしょうね」

「うっ……すみません」

そう言われるとぐうの音も出ない。

くそ、伊勢崎のやつめ。すっかり舞桜の家族の一員面をしているが、佐知は知っている。目の前にいるヘタレが、本当は舞桜を自分の籍にぶち込みたいのに、それを言えずにいるということを。

佐知と賢吾のことになると、うじうじとしてみっともないだとか平気で言うくせに、自分のことになると伊勢崎はてんで駄目だ。

伊勢崎晴海と小刀祢舞桜。二人はそれぞれ賢吾の補佐と佐知の医院の看護師をしているが、それだけではない繋がりがあった。

伊勢崎は賢吾と佐知にとって、高校時代からの後輩でもある。そして舞桜は、何と心配性の賢吾が佐知のもとに送り込んだスパイだった。

まだお付き合いなんて可能性が塵ほどもない頃から、賢吾は佐知の行動を逐一報告させていたのである。まったく信じられない。ぶん殴ってやりたいところだが、そのお陰で間一髪助かったこともあり、気がつけばなし崩しで。今では公然とスパイ活動が行われている。何故なのか。

そんな二人は、少し前にお付き合いなるものを始めた。

賢吾や佐知に対しては常にねちねちとうるさい伊勢崎が、舞桜にだけはやけに優しいとは思っていたが、まさか何年も片思いを拗らせていたとは知らなかった。

そうしてようやく実った初恋に浮かれているかと思えば、見ていて苛々するぐらいに控えめなところもあり、伊勢崎という男の新たな一面を見た気持ちである。

賢吾の補佐をしている時は冷静沈着で頼りがいのある伊勢崎も、恋する相手の前ではただの男。舞桜の弟である吉原碧斗の姿を真剣な顔で動画に撮り収めているのだって、当然の如く舞桜のためだ。

もちろん、伊勢崎が碧斗のことを可愛がっているのは知っている。今日は舞桜と碧斗の祖母であるキヌも来ているが、腰の悪い彼女の手を取りエスコートする姿も、どう見ても家族だった。だが伊勢崎の性格として、舞桜のためでなければたとえ家族のためでもそこまでしないだろう。

伊勢崎自身から家族の話を詳しく聞いたことはないが、少なくとも積極的に係わっている様子はなかった。現在の多忙さと、休日を全て舞桜に使っている辺りを鑑みれば、おそらく会ってすらいないだろう。

最低限の礼節は心得ているが、伊勢崎は誰にでも優しい訳ではない。自分の内に入れたほんの一握りの人間に対してのみ、伊勢崎の優しさは発揮される。そういうところは賢吾と少し似ているのかもしれない。

「まあでも、また史と碧斗が一緒になってくれてよかったよ」

「本当に。佐知さんと一緒だと心強いです」

普段からおんぶに抱っこなのは佐知のほうで、それなのにそんな風に言ってくれる舞桜の優しさに感動したが、すぐに「舞桜」と伊勢崎が割って入った。

「同じクラスだからと言って、あまり佐知さんの世話を焼きすぎないように。佐知さんという人は甘え始めたら際限がない。賢吾さんがいい例だ。当たり前の顔でこき使われないように気をつけなさい」

おのれ、伊勢崎。人のことをまるでヒモか詐欺師のように言いやがって。

人間というものは、図星を指されると腹が立ってしまう生き物である。いや、主語が大きいな。だが、少なくとも佐知はそうだ。

何だかんだと賢吾をこき使っている自覚はある。舞桜に対して甘えている自覚も。けれど、どうしたって素直にごめんなさいが言えない。伊勢崎だって文句を言いつつも結局最後は賢吾を甘やかしているくせに、どうして俺だけ怒られるのか。

「伊勢崎、声が入るから黙ってたらどうだ？」

せめてもと、反論する代わりにちくりといやみを言えば、伊勢崎はちらりとこちらを見てから黙り込んだ。

「俺は佐知さんのお役に立てたら嬉しいですよ？」

佐知と伊勢崎の仲を取り持つように、舞桜が二人を交互に見てにこっと笑ってみせる。

「舞桜はいい子だなあ、どこかの誰かと違って」

「佐知さん、その頭は飾りですか？　静かにしてくださいと言ったでしょう？」

「ああほら、喧嘩してる場合じゃねえぞ。史と碧斗が来る」

賢吾の言葉に、全員の視線が入り口に向けられる。在校生が作った花道を二組の生徒達が通り過ぎていった後、【三組】というプレートを掲げた担任の先生を先頭に新たな生徒達が入ってきた。

「あ、ほら！　あそこ！　賢吾、ちゃんと撮ってるか？　絶対に撮り逃すなよ!?」

「馬鹿っ、叩くなって！　ブレるだろうがっ」

伊勢崎と同じくビデオカメラを構えた賢吾が、保護者席の横を通過している史の姿を撮り収める。

さっそく新しい友達が出来たのか、隣の子と顔を合わせて楽しそうに笑っていた史は、佐知と賢吾に気づくなり、こちらに向かって小さく手を振った。佐知が振り返すと、照れ臭そうにはにかむ。

「おい賢吾、ちゃんと撮ったか。あんな可愛い姿を逃したなんて言ったら許さないからな」

「当たり前だ。あんな可愛い顔、永久保存に決まってるだろ」

うちの史はやっぱり天使だ。はにかんだ顔も世界一、いや宇宙一可愛い。

「二人共、うるさいですよ」

「あ、晴海さん、碧斗です！」

「ああ、ちゃんと撮ってる」

史と同じく余裕の顔をしている碧斗は、舞桜に気づくと大きく手を振って笑った。

「まおー！」

「碧斗っ、しーっ！」

慌てて舞桜が唇に指を当てるが、碧斗は肩を竦めただけで、キヌにも大きく手を振って軽やかに去っていく。

前から思っていたが、碧斗は案外肝が据わっている。　初めて会った頃はまだもう少し子供っぽさがあったが、子供の成長は本当に早い。

「碧斗は頼りがいのあるいい男になりそうだよなあ」

「ええ。意外に根性がありますからね」

返事が来ると思っていなかったので、思わずじっと伊勢崎を確認してしまった。

「へえ」

「……何ですか？」

「いや、お前もちゃんと保護者してるんだなって」

「当たり前です。軽い気持ちで舞桜と住み始めた訳じゃない」

「そっか」

「そうです」

賢吾が史と出会って変わったように、伊勢崎もちゃんと成長しているんだ。舞桜以外にも大事なものを増やして、それをちゃんと自分で理解している。

「伊勢崎、あんまり恰好よくなりすぎるなよ、惚れちゃうから」

「おい」

「勘弁してください。佐知さんなんてお断りです」

「おい」

「そんなこと言って、お前が俺のことを大好きなの、知ってるぞ？」

「おいっ」

賢吾を挟んで睨み合って、それからお互いにふわっと表情を緩めた。

「今日は舞桜を預かろう」

「若の金で、精々美味い肉を食べさせてください」

「了解」

「おい！」

俺を無視するなと眉を吊り上げる賢吾に向かって、佐知と伊勢崎は同時に唇に指を当てて囁いた。

「しーっ」

「皆さんの撮影の邪魔ですよ？」

「……仲が悪いのかいいのか、はっきりしろよ」

そんなこと、考えてみたこともなかったな。


「それでは皆さん、一人ずつ自己紹介をしてもらいましょう。一番の人から順番に、名前と好きな食べ物、一年生で頑張りたいことを教えてください」

入学式が終わり、一年生の教室へ移動すると、教壇に立った担任の先生が子供達に向かってそう宣言した。

それを聞いた子供達は一斉にざわめくが、先生が唇に人差し指を当てて「静かに」と言うと慌てて口を閉じる。

「それでは、始めましょう」

先生の合図で右端の列の一番前の席の子供が立ち上がり、自己紹介を始めた。

「いのうえあるとです！　すきなたべものはおちゃづけで、いちねんせいでがんばりたいことはせみとりです！」

「馬鹿っ」

すぐ近くにいた保護者の一人が、小さな声で呟いたのが聞こえてきて、佐知は隣の賢吾と目配せして苦笑する。

きっと井上君のお母さんなのだろう。好きな食べ物でお茶漬けを出されたら普段からそればかり食べさせているみたいに聞こえるし、親としてはセミ捕りより勉強を頑張って欲しいはずで、思わず馬鹿と言いたくなってしまう気持ちも分かった。

「どうしよう、碧斗も危ないかもしれない」

舞桜の危惧に、伊勢崎がため息を返す。佐知も大丈夫だとは言ってやれなくて、苦笑いするしかなかった。

意図せず、こういう時に家庭の内情が垣間見えてしまうことがある。おかしなことを言い出さないか戦々恐々の保護者達をよそに、子供達の自由な自己紹介が続いた。

そうしてやってきた史の出番。

「しののめふみです！　すきなたべものはひややっこです！」

史ー！

頭を抱えたくなるのを必死に堪える。よりによって何故冷奴なのか。好きなのは知っている。だけど、他にももっと好きなのがいくらでもあるだろうに。

「それから、えっとそれから……いちねんせいでがんばりたいことは、ぱぱをねかしつけることです！」

史の言葉に、教室中からわっと笑いが起きる。

「パパの寝かしつけをしてくれるってさ」

「俺が夜泣きするみたいに言うな」

そんなことを言いながらも、史を見る賢吾の目が優しく撓む。ここのところ忙しくしている賢吾のことを、史なりに心配してくれているのが分かるからだ。

「とうとう、立場が逆転しちまったか」

「史に心配される立場になっちゃったな。愛されてるじゃないか、パパ」

満足げな顔で席について、こちらにピースしてくる史に手を振る。

「もう小学生だってさ」

「早えよな」

　このままではあっという間に大きくなってしまいそうだ。そのうち反抗期が来て、口をきいてくれなくなったりもするんだろうか。

「賢吾なんか、もっと子供の頃から反抗期だったよな？」

「はあ？　俺はいつだって素直だろうが」

「何が素直だよ。お前は今も反抗期継続中だろうが」

　母親の京香のことをばばあと呼んでは怒られているが、口では偉そうに言いつつも、本当は大事にしていることを知っている。佐知はすでに母が亡くなっているので分からないが、異性である分、面と向かうのが照れ臭いのかもしれない。

　この場に立つと、自分達が小学生だった頃のことを思い出す。

　懐かしい母校。あの頃はただ、毎日友達と遊んで勉強して、そういう生活がずっと続くと思っていた。佐知にとっても賢吾にとっても、平穏だったあの頃。

「懐かしいな」

「あの頃の佐知は可愛かったなあ」

「あの頃は？」

「今は時々おっかねえからな」

そう言って笑う賢吾の脇腹を、他の人に見えないようにこっそりと抓る。

「俺がおっかないとしたら、大体はお前のせいだ」

「お前も、心配してくれてるんだもんな？」

佐知が怒る時は大抵、賢吾が自分をおろそかにした時だ。賢吾は自分のことを一番後回しにする傾向にある。

「分かってたら、ちゃんと怒られないようにしろよ？」

「はいはーい」

「はいは一回」

なんてことをぼそぼそと話していたら、碧斗の出番がやってきた。

「よしわらあおとです！　すきなたべものはばあちゃんのかれー！　いちねんせいでがんばりたいことは、はるみよりつよくなってたおすことです！」

「ぶっ」

爆笑しそうになって、慌てて自分の手で口を押さえる。伊勢崎の横顔が苦々しく歪んでいて、更に笑ってしまいそうになった。

「あらあら晴海さん、強敵の出現ね」

困った顔をする舞桜とは違って、キヌは楽しそうにころころと笑う。碧斗がくるりとこちらを振り向いて、伊勢崎に向かってあっかんベーをした。

「やれるものならやってみろ」

「伊勢崎、今のお前、賢吾より凶悪な顔になってるぞ」

如何にも極道組織の人間のようだ。まあ、そうなんだけど。

「おい、いつもキュートな俺に失礼だろ」

「キュートって言葉に謝れ」

賢吾がキュートなら、全世界にキュートが溢れることになる。大体、キュートな極道って何だ。

「お前、碧斗に何をやったんだ？」

「一番大事なものを取った自覚はありますね」

「取ったなんてそんな……っ」

思わずといった舞桜の言葉に、佐知はにやりと笑う。

「なるほど、それは恨まれても仕方がない。舞桜、モテる男は辛いな？」

「佐知さん、からかわないでください」

碧斗が大きくなった時、伊勢崎が追い出されていないといいんだけど。

「保育園に入る時も色々あったけど、まさかその上があったとはな……」

　一度家に戻って着替えてから、舞桜と碧斗、キヌも一緒に焼き肉を食べに行って帰宅した佐知は、史が寝た後の居間で一人、座卓にずらりと並んだものを見ながらいっそ感心した気持ちで呟いた。

　そこには本日の入学式後に教室で渡されたものがずらりと並んでいる。教科書にノート、算数セットにクレヨン、色鉛筆にお道具箱。史が小学生になったことを実感するものばかりだが、感慨に浸ってはいられない。何故なら、今からこれら全部に名前を書かなければならないからである。

　入学式を終えると、賢吾と伊勢崎はまたすぐに仕事へと戻っていった。どうやら大きな仕事をしているらしく、これからもまだしばらくは忙しそうだ。

　賢吾が頑張っているのだから、佐知だってこれぐらいは一人でこなさなければならない。

「よし、とにかくやるか！」

　気合いを入れ、まずは教科書とノートに名前を書くところから始める。なるべく綺麗な字を書くように心がけてはみたが、自分の字はあまり好きではない。全て書き終え、間違いがないかチェックしてほっと息を吐き、すぐに色鉛筆へと取り掛かった。

「十二色、か」

　ということは、十二本の色鉛筆に名前をつけなければならない。だが、佐知には秘密兵器があった。

「じゃじゃーん、お名前シール！」

保育園で他の保護者から聞いた時は、わざわざ金をかけてそんなものを作らなくても手書きすればいいのではないか、と思った貧乏性の佐知だが、いざ名前付けの段階になるとそのありがたみがよく分かる。

これがなければ、色鉛筆一本一本に小さな字で手書きすることになるのだ。外科医である以上、手先はある程度器用だと思っているが、だからといって好き好んでやりたくはない。

真っ直ぐになるように慎重にお名前シールを貼り続け、十二本全て貼り終わったところでクレヨンに移る。ぺたぺたとそちらにもお名前シールを貼り、その後でセロハンテープで補強しておく。こうしておけば巻紙から簡単に剝がれないというのは、保育園の先生からもらったアドバイスだ。

「よし、意外と早く終わりそうだな」

皆は戦々恐々としていたが、思ったより楽勝じゃないか。そんなことを思いながら算数セットの箱を開けた佐知は、中にあるものを見て思わず「う……っ」と呻き声を上げた。

「そうだ、これがあった……っ」

計算ブロックにおはじき、サイコロにお金の模型など、どっさりと入った中身を確認して頰が引き攣る。

算数セットには自分で書いて貼るお名前シールが付属としてついていたが、まずはこの小さなシール一つ一つに名前を書くところから始まるのか、と気が遠くなった。

だが、嘆いていても仕方がない。やればいつか終わる。けれど、やらなければいつまで経っても終わらないのである。

「よし、頑張るぞ」

自分を鼓舞し、小さなシールに悪戦苦闘しながら史の名前を書く。

しののめふみ。たった六文字の羅列なのに、この文字は佐知にとって特別なものだ。

史が東雲になって、賢吾と家族になって、佐知のことも家族だと言ってくれて。それからずっと、佐知は史に幸せにしてもらっている。おっと、もちろん賢吾にも、だ。脳裏に『俺のことを忘れるなよ』と拗ねる賢吾の顔が浮かんで、佐知はふふっと小さく笑った。

いなくたってあいつはうるさいのだ。佐知に忘れる隙を与えてくれない。まさか賢吾のことをこんなに愛おしく思う日が来るなんて、昔の自分に言っても絶対に信じてくれないだろう。

けれど今となっては、全てが必然だったように思うから不思議だ。いや、必然は違うか。賢吾がずっと佐知への気持ちを手放さずに大事にしてくれていたからこそ、今があるのだから。

「何だよ、楽しそうだな」

突然、背後から声をかけられる。驚き過ぎてばくばくと音を立てる胸の辺りを鷲摑みにして振り返ると、そこには声から想像した通りの相手がいた。

「賢吾！　驚かせるなよ！」

お前のことを思い出して笑ってただなんて、恥ずかしいから言いたくない。だって、それではまるで佐知が賢吾のことを大好きみたいではないか。いや、大好きなんだけど。

そこは間違いではないのだが、自分が今どんなに腑抜けた顔をしていたかと思うと、どうにも誤魔化したくなって無意味に大声を出してしまう。

「きょ、今日は帰らないはずだろ？」

「予定が変わったんだ。帰ってきちゃ迷惑だったか？」

「そんな訳ないだろ！……帰ってくるって聞いてない上に黙って入ってくるから、危うく泥棒と間違えるところだぞ」

「俺はちゃんとただいまって声をかけたぞ？」

「え、ほんとに？」

どうやら、人の気配にも気づかないぐらいに集中していたらしい。一気に申し訳ない気持ちになったが、賢吾は佐知の頭をくしゃくしゃっと撫でただけで、気にした様子もなく佐知の手元に視線を落とした。

「やけに夢中だから何か悪さでもしてるのかと思ったら、それが例の名前付けか？」

「え？　ああ、そうなんだよ」

保育園で聞いてきた時にすぐに話していたので、説明する必要もなく理解して、賢吾は上着を脱いでネクタイを緩めながら「よいしょ」と佐知の隣に腰を下ろした。

　ふわりと香った賢吾の体臭は、早く帰るために急いだせいかもしれない。首元もうっすらと汗ばんでいるくせに、賢吾はそれを感じさせない涼しい顔をしていた。

　賢吾は佐知のためにああしたこうしたと口にしたりはしない。だから佐知が知らないままでいることが、実は山ほどあるのだろう。

「間に合ってよかった。お前だけにやらせる訳にはいかねえからな。字はお前のほうが綺麗だから、俺は貼るほうをやる」

「あ、ああ、よろしく」

　袖口のボタンを外して腕まくりをした賢吾に話を変えられて、謝るタイミングを逃してしまう。まただ。賢吾はこうしてごくさりげなく佐知を甘やかす。

　賢吾からしてみれば、わざわざ言葉にしなくともお前の気持ちは分かっている、ということなのだろうが、それを当たり前だとは思いたくない。

「黙って入ってきたって決めつけてごめん」

「いいって。気にすんな」

　幼馴染みとして一緒にいた頃から、こうして佐知は賢吾に甘やかされてきた。

　最近になってようやくそのありがたさや申し訳なさに気づいて、少しずつでも感謝や謝罪を口にしていければいいなと思っているが、賢吾の甘やかしは物心ついた頃にはすでに当たり前に佐知のそばにあったものだから、なかなか気づけないことも多い。

「なあ、怒る時はちゃんと怒れよ？」

「怒られたいなんて、変なやつだな」

「怒られたい訳じゃないけど、愛想つかされたくはないだろ？」

「俺がお前に愛想をつかす？　何だ、そのあり得ねえ話は」

賢吾は肩を揺らして笑って、「いいから早く手を動かせよ」と佐知が書き終えたばかりのおはじき用のシールを引き寄せ、神妙な顔で貼り始めた。

「何だこれ、意外と難しいな」

小さなおはじきと大きな賢吾の手が何だかアンバランスで、作業がしにくそうにしている姿に胸がきゅんとした。

外ではむすっとした顔をして色んな人を怖がらせている賢吾なのに、佐知の前ではいつだってこうだ。

「お前って可愛いよな」

幼い頃からずっと佐知のことが好きで、こんなに強面なのに誰より優しい。もちろん、佐知には、という注釈がつくが、そういうところだって好きだ。こんなに可愛い男を、どうして好きにならずにいられようか。

「俺にそんなことを言うのはお前だけだ」

「だってこんなに可愛いのに」

「くだらねえこと言ってる暇があったら手を動かせって」

賢吾の耳の先が赤い。こうして佐知に可愛いと言われるのは初めてではないくせに、賢吾は時々妙に恥ずかしがる。集中しているふりで手がもたついているのも、賢吾が照れている証拠だ。

「照れてるなんて、益々可愛いな」

こんな賢吾を見られるようになったのはごく最近。それまでは賢吾を突き放すばかりだった佐知が、素直に思いを伝えられるようになってからのことだ。

以前の二人の関係では、考えられない変化だ。

賢吾のこういう可愛さにもっと早く気づいていたら、と思うことがある。そうしたら、中学や高校の頃の賢吾の可愛い表情だってたくさん見られたかもしれないのに。

けれど、そういうすれ違いの日々があったから、今お互いの存在の有り難さや大事さを嚙みしめられるのも事実で、人生には無駄なことなんて何一つないのだろうとも思っている。

「お前な、そういうのは言わないでやる優しさも必要だぞ？」

「どっかの誰かさんを見習った結果だけど？」

いつも可愛いだ何だと言われて、恥ずかしい思いをしているのは佐知のほうだ。たまにはこうして恥ずかしがる賢吾を堪能しても罰は当たるまい。

「ほら、いいから早く書けよ」

「はーい」

あんまりしつこくすると本気で拗ねるので、佐知は素直に返事をして名前書きに戻る。せっかくの二人きりの時間だ。無駄な喧嘩をするより楽しい時間を過ごしたい。

左隣に賢吾の温もりがある。温もりが分かるほど近くに座るのはいつものことで、ようやく自分の欠けていた何かが埋まったような気持ちになった。

「焼き肉、美味かったか？」

「ここぞとばかりにいい肉を食べてきてやった」

「そりゃあ怖えな」

「お前に史と碧斗の食欲を見せてやりたかったよ。焼いても焼いても、あっという間に肉が二人の口に吸いこまれていくんだ」

「はは、あいつら最近、すげえ食うようになったよなあ」

「ご飯も大を二回おかわりして、最後に二人でビビンバ食べてた。俺とキヌさんなんて、見てるだけで胃もたれしそうだったんだぞ。舞桜が肉の値段にビビってたから、これは全部賢吾の奢りだ、って言ったら、舞桜も張り切って食べてたな」

「舞桜のやつ、最近俺に遠慮がなくなってきてねえか？」

賢吾がくくくと笑うと、肩の震えが佐知にも伝う。それだけで楽しい気分になって、佐知も一緒になって笑った。

特別なことがなくたって、こうして賢吾がそばにいて会話ができるだけで気持ちが落ち着いていく。これこそが幸せであると気づくまでに随分遠回りをしたが、その分こうした何げない時間を大切にしたいとお互いに思っていた。

「仕事は落ち着きそうなのか？」

「いや、むしろもっと忙しくなりそうだ。だからそうなる前にちょっとでもお前と過ごしたくて帰ってきた」

「そっか……じゃあ俺はまだしばらく、のんびり過ごせる訳だ」

落ち込みそうになる自分を誤魔化して、その代わりに茶化す。佐知が少しでも寂しがっているところを見せたら、賢吾は余計な無理をするに決まっている。今以上の無理は、賢吾の身体のためによくない。

以前、賢吾が言った言葉を思い出す。

『何って、お前がこっちに帰ってんだから、俺もこっちに帰ってくるのは当たり前だろうが。お前がいる場所が俺の帰るとこなんだからよ』

家に帰れと突き放されたと勘違いして、一人で実家に帰った佐知のもとに、賢吾はそう言って当たり前の顔で帰ってきた。

佐知がいる場所が賢吾の帰る場所。だから佐知は、賢吾が帰ってくるのを、ここでどっしりと待っていればいいのだ。

「そこは嘘でも、お前がいないと寂しいよー、ぐらいは言うところだろ？」

「あー寂しい寂しい。夕飯の残り物を片付けてくれる人がいなくなるからなあ」

「この野郎っ」

「あ、痛いっ、あはは、やめろって！」

賢吾に頭をわしわしと撫で回されて、佐知は大袈裟に抵抗してみせる。たったこれだけの触れ合いが、佐知だけではなく賢吾にも元気を与えてくれることを知っていた。

「まったく！　俺の頭をぐしゃぐしゃにする暇があったら、一枚でも多く貼れって！」

「はいはい、大至急貼らせていただきます」

賢吾によって爆発させられた髪を整え、シール貼りに戻った賢吾の横顔を見つめる。今朝は気づかなかったが、目元にうっすらと隈が出来ているし、少しばかり痩せた気もする。

「そういえば、ちゃんと夕飯食べたのか？」

「んー」

夢中でシールを貼っているような生返事だが、それに騙される佐知ではない。何年幼馴染みをやっていると思っているのか。

賢吾は嘘を吐かないが、都合の悪いことはさりげなく誤魔化そうとするから油断できない。こちらに顔を向けないのが余計に怪しい。

「どんなに忙しくても、ちゃんと食べろって言っただろ？」

「お前が作る以外の飯は、何か味気ねえんだ」

「味気なくても食べろよ。……お前、ちょっと瘦せただろ」

賢吾の頰を指で撫でると、触れた感触が慣れ親しんだものとは違う。

忙しい賢吾にあれこれ口うるさくしたくはないが、食は大事だ。食べることは生きることである。

佐知がこの家で暮らし始めてからは三食きちんと摂る生活が基本の賢吾だが、家に帰ることが少なくなると途端に食べることをおろそかにし始める。以前はほとんど酒とつまみしか口にしていなかったと知って、そんな食生活で何故あの身体が作られているのかと不思議で仕方がなかったのを思い出した。

「弁当、作るか？」

「駄目だ。仕事で忙しいのはお互い様だろ。お前の負担を増やす気はねえ」

「だったら、俺に心配かけないようにちゃんと食べろよ」

「努力はする」

食べると言い切らないところは不満だが、言葉にした以上は、きちんと食べる努力はしてくれるはずだ。今日のところはそれで満足することにして、佐知は油性ペンを置く。

「よし」

とりあえず、名前は全部書き終えた。書き忘れがないかチェックしてから、佐知はうーんと伸びをする。とりあえず一時休戦だ。

「腹が減っては戦が出来ぬ。小腹が空いたな。お茶漬けでも食べるか？」

「ああ、そうだな」

夜中にお腹が空いた時、二人でシェアするのはよくあることだ。ちょっとだけ食べたい佐知に賢吾が付き合うのが定番で、だから賢吾は素直に頷く。

冷蔵庫に明太子があったはずだと立ち上がり、手早く茶漬けを作ってトレーに載せた。こういうシンプルなものが、夜更けに無性に食べたくなる時がある。賢吾にご飯も食べさせられるし一石二鳥。せっかくだから、ちょっとご飯をいつもより多めにしておいた。

そうしていそいそと賢吾のもとに戻った佐知は、目の前に広がる光景に苦笑する。

「まったく……頑張り過ぎだよ」

佐知の視線の先では、座卓に突っ伏した賢吾がすうすうと眠っていた。疲れすぎて起きていられなかったのだろう。

忙しすぎて、ほとんどまともに寝られていないことを知っている。それでも賢吾は、たとえほんの数時間であっても必ず帰宅して、起きている時には会えなくても、史や佐知の寝顔を見ていると伊勢崎から聞いていた。

そんな時間があるならわざわざ帰らずに寝る時間に充てて欲しいが、賢吾にとってはそれが必要なのだということも分かっているから黙っている。

賢吾は、どうしたって佐知や史のために頑張りたいのだ。それを当たり前に享受するだけの人間にはなりたくないが、賢吾にとってそれが頑張る理由であるなら、それを取り上げたくもない。

特に今日は、史の入学式に参加するために無理をしたはずだ。帰宅したのも朝だったから、もしかしたら寝ないままだったのかもしれない。

「だけど、ほどほどにしといてくれよ？」

賢吾にとって佐知や史が大事なように、佐知と史にとっても賢吾は大事なのだ。

自分達が大事に思っている賢吾を、賢吾自身にももっと大事にしてもらいたい。何度も口を酸っぱくして伝えているし、賢吾も分かったと頷くけれど、まだまだ賢吾は自分の価値を甘く見ている気がする。

寝息を立てて眠りこけている賢吾の頰をつんつんと突く。深い眠りについているようで、まったく反応がなかった。

「俺は眠りが浅いとか何とか言ってたくせに、無防備なことで」

以前はほんの少しの物音で目を覚ますこともあったのに、今ではすっかり油断し切っている。きっと佐知がテーブルに転がっている油性マジックで顔に落書きしたって起きないだろう。

言葉にしない賢吾のそういう無条件の信頼が、時折くすぐったく感じる。佐知にできることは多くないだろうが、それでも自分の持てる全部でこの男を守りたい。今のところはこうして賢吾の眠りを守ってやることと、賢吾が仕事を早く終えられるように、できることは自分でやる、ぐらいしかないのがもどかしいが。

「こんなに俺に愛されて、幸せ者だなあ」

賢吾が聞いたら嬉しげに笑い出しそうな言葉をつぶやいて、隣に腰を下ろす。トレーをテーブルの上に置いてから油性マジックを手に取ってキャップを外し、腕まくりして露わになっている逞しい腕に、小さくハートマークを一つ描いた。

賢吾がこれに気づくのはいつだろうか。見つけた時に、ほんの一瞬でも幸せな気持ちになってくれたらいい。

「どうしてくれるんだよ、賢吾。こんな時間にこんなに食べたら、太っちゃうだろ」

まあでも、愛しい寝顔を見ながら食べるお茶漬けは、さぞかし美味しいはずだ。

「では、この問題が分かる人!」

先生の言葉に、子供達が一斉に元気よく手を挙げる。ただいま授業参観の真っ最中。子供達は、教室の後方にずらりと並んだ保護者にいいところを見せようと張り切っている。

机から身を乗り出して手を挙げる史の姿を微笑ましく眺め、佐知は懐かしい教室の空気を感じていた。

史が通う小学校は、佐知と賢吾の母校でもある。一部改修が行われてはいるものの、学校の中はほとんど二人が通った頃のままだ。

入学式の日にここに入った時は気づかなかったのだが、一年三組の教室は、ここに入学した当時に佐知と賢吾が通った教室と同じだった。

奇妙な偶然もあるものだ。教室の後ろの一番隅に立っていた佐知は、懐かしさにきょろきょろと視線を動かしたが、ほとんどロッカーで隠れた壁の片隅に書かれた落書きに気がついて息を呑む。

まさか、まだ残っていたなんて。

そこには下手くそな字で小さく、【おかあさんがげんきになるように】と書かれていた。それは佐知と賢吾にとって、懐かしい思い出の一つだ。

佐知の母の佐和が熱を出して寝込んだのは、佐知達が一年生になってすぐの頃のことだったと思う。

佐和は元々そんなに体が強いほうではなかったけれど、その時はベッドから起き上がれないほどに体調を悪くして、佐知はそんな母に近づくことすら許されなくなって。

しょぼくれた顔で学校に登校した佐知に気づくなり、賢吾が言ったのだ。

『さわさん、ねこんでるんだってな。おまじないしようぜ』

その頃、誰にも見つからない場所に願い事を書くとその願いが叶う、というおまじないが小学校で流行していた。

賢吾はそんなものは信じていなかっただろう。ただ、しょんぼりとした佐知を元気づけようと思っただけだったのだと思う。

その日が、小学校に入って初めて賢吾が喧嘩をした日となった。

いつだって賢吾が怒るのは佐知のためだ。あの頃はそのことにちっとも気づいていなかったけれど。誰にも気づかれないように、身体を向けずにそっと指だけでそこを撫でる。

『なくなよ、さち！　なんどでもやりなおせばいいだろ！』

あの日の賢吾の声が聞こえた気がした。泣いてしまいそうなほどに震えた声。

最初は、消しゴムに書いたのだ。けれどすぐに他の子に見つかって、無理やりに消しゴムを取り上げられ、カバーを外して中を見られた。

『おかあさんがげんきになりますように、だって！』

『みるなよ！』

普段の佐知なら、怒って文句の一つも言っただろう。けれどその時は、自分でも驚くほどにショックだった。これでもう、お母さんは元気にならないかもしれない。そう思ったら、瞳がうるりと潤んで。

今にも佐知が泣きだしそうな顔をしたら、賢吾が消しゴムを取り上げた子に飛び掛かったのだ。

『かえせ！』

相手に馬乗りになって大喧嘩を始めた賢吾は、騒動を聞きつけてやってきた担任の先生に羽交い締めにされながら佐知に向かって叫んだ。

『なくなよ、さち！　なんどでもやりなおせばいいだろ！』

何度でもやり直せばいい。賢吾のその言葉に、佐知の涙が引っ込んだ。賢吾はそんな佐知に満足したように頷いて、先生に連行されていった。

そうしてしばらく怒られて教室に戻ってきてから、ちっとも懲りていない顔でにかっと笑って言ったのだ。

『こんどはもっとみつからないところにしようぜ。みんながかえってから、こっそりな』

佐知はすぐにその言葉に頷き、放課後、皆が帰るのを待ってから、賢吾と二人でこの場所にこっそりと願い事を書いたのだ。

懐かしい二人の思い出。まさか、今もまだそれが残っているとは。

これがあるということは、きっとあれもあるはずだ。賢吾が書いた願い事。あれは確かここよりもう少し——

「では次の問題です。この問題が分かる人！……では、東雲史さん！」

「はい！」

史の名前が呼ばれ、佐知は慌ててそちらに意識を戻す。先生に指名されて椅子から立ち上がった史は、誇らしげに鼻を膨らませて佐知のほうを振り返り、佐知が見ているのを確認してから、「さんです！」とはきはきした声で答えた。

「はい、正解です。皆さんも分かりましたか？」

あちらこちらから「はーい！」という子供達の声がする。先生に「よくできました」と褒められた史は、少し照れた顔で席に着き、またこちらを振り返ってピースをしてきたので、佐知も親指を立ててよくやったと褒め称えた。

その後、碧斗も指名されて問題に答える。キヌが体調を崩したため、病院に付き添った舞桜はこの場にいないので、代わりに佐知が碧斗のピースサインも受け止めておいた。

きっと今頃、舞桜もキヌも来られなかったことに肩を落としているだろう。後で碧斗の勇姿を知らせてやらなければ。

「それでは皆さん、帰りの会を始めますよ」

授業の終了を知らせるチャイムの音が鳴ると、先生が手短に子供達に連絡事項を伝えて「それでは皆さん、気をつけて帰りましょうね」と送り出した。

そして。

「さて、お待たせいたしました。それでは机を四角く対面になるように並べていただけますか？　今から保護者会を始めさせていただきますので」

そうなのだ。今日の本題はこれである。子供達の学校での様子の報告、これからの授業で必要なものの連絡、それから……PTAの役員決め。選ばれると、一年間を通して役員として活動しなければならない。

俺、あんまりくじ運はよくないんだよなあ。こういう時はできれば賢吾に引いて欲しかったなあ。

本来なら、こういった保護者の集まる会には賢吾が来るはずだった。佐知は賢吾と史の家族ではあるけれど、立場は微妙だ。保育園のお迎えなどは家族であるなら問題なかったが、小学校ではなかなかそうもいかない。

まず、保護者欄に佐知の名前を書けない。佐知は父親でもなければ母親でもないからだ。精神的にどんなに保護者のつもりでいても、学校内ではそういう訳にもいかない。緊急連絡先の一つとして登録してもらうのが精々だ。

今の佐知の立場は、戸籍上はあくまでも史の兄なのである。

もちろん、世の中には年の離れた兄弟が保護者という場合もあるが、史の場合は賢吾という父親がちゃんといる以上、そちらが優先されるのは当然のことだ。

二人の関係を殊更に隠すつもりはないけれど、大々的に主張するつもりもない。今後のことを考えて、担任の先生には自分達の家族関係についてあらかじめ説明はしてあるが、それだけだ。

史が使っていた机を動かし、席に着く。身体に合わない小さな机をひどく懐かしく感じて、そっと手で撫でた。

「あれ？」

机の横には体操服袋がかけられたままだ。さては史のやつ、持って帰るのを忘れたな。

とは言っても、史は保護者会が終わるのを外で待っているから、後で届けてやればいいだろう。

……そういえば、碧斗も一緒にグラウンドで遊んで待っていると言っていたな。

もしかして、と思って碧斗の机もチェックすれば、案の定、碧斗のところにも体操服袋がかかったままだった。

「まったく……」

普段から仲のいい二人だが、こんなところまで気が合うところを見せなくていいのに。

忘れて帰らないように史の体操服袋を机の上に置く。後で碧斗の体操服袋も回収しなければと思っていると、隣に座った保護者がくすりと笑った。

「はは、よかった、うちの子以外にも仲間がいて」

柔らかい声に視線を向けると、隣には眼鏡をかけた優しい風貌の若い男が座っている。佐知はそれに、ひどくほっとした。小学校の保護者会は保育園よりも母親参加が多いと聞いていて、舞桜が来られなくなってから密かに緊張していたのだ。

スーツ姿なのは仕事を抜けてきているからだろうか、ネクタイが少し歪んでいる辺り、急いで駆けつけたのかもしれない。

「そちらも体操服袋を忘れてましたか?」

「そうなんですよ、それどころか、給食袋まで忘れておりまして」

男は机の中から給食袋を取り出し、おどけるように肩を竦めてみせた。

「ああ、それは見つけてよかった。丸一日放置された給食セットを洗う羽目にならなくてすみましたね」

子供の頃、持って帰るのを忘れては母にものすごく怒られたが、自分がそれを洗う立場になってみるとその気持ちがよく分かるようになった。

「いえいえ、丸一日なんて可愛いほうですよ。この給食セットは三日も熟成させたレアものですから」

しかつめらしい顔でそう言ってから、男はふっと表情を崩して佐知に手を差し出す。

「初めまして、高坂一です」

「あ、初めまして！　あま、いや、東雲佐知です」

慌てて手を握り返して挨拶すると、優しげな細い目が一層撓み、「よろしくお願いします」と穏やかに続けた。

「こちらこそ、よろしくお願いします」

佐知も釣られるようにして表情を緩めると、高坂はあからさまにほっとした様子で机に突っ

伏す。

「ああ、勇気を出して話しかけてみてよかった。女性ばかりで、緊張してしまって」

「確かに、女性が多いですよね。保育園では、もう少し男性もいたんですけど」

「そうなんですか？　うちは保育園のほうでも女性陣が多くて。しかも僕はあまり社交的な性格ではないので、他の方とほとんど話すこともないままここまで来てしまって、知った人もいないし、心細く思っていたんですよ」

「社交的な性格じゃないなんて、今さっき、俺に話しかけてくれたじゃないですか」

「それはですね、保育園での失敗を生かして、今度こそは他の保護者とせめて顔見知りぐらいにはなりたいと思って、それこそ清水の舞台から飛び降りるぐらいの気持ちで勇気を出した結果です」

ははは、と頭を掻いて照れ臭そうに笑う高坂に、佐知の緊張がすっかり解かされていく。

これまで、会ったことがないタイプの人だ。

佐知の周りは何故か個性的な人間が多いが、誤解を恐れずに言えば、高坂は一見すると影が薄いタイプに思える。けれど話してみると、春の陽だまりのように穏やかで、声が心地よい。癒し系というやつだろうか。

「高坂さんが勇気を出してくれたお陰で、俺も助かりました。実は、がちがちに緊張していたんです」

「だったら尚更、勇気を出してよかったな」

高坂が周囲を見回す。教室はざわざわとしているが、皆どこか硬い表情だ。緊張していたのは佐知だけではないらしい。子供達が新入生なら、保護者の半分ぐらいはこの学校の保護者として新入生なのだ。

担任の先生を囲むようにしてコの字に設置された机に座る保護者達の中には保育園が一緒だった人もいるが、残念ながら今日は顔見知りの相手はいない。親しくしていた何人かは同じクラスのはずだが、舞桜が来ていないように、全員が参加している訳ではなかった。

「あの」

身体を起こした高坂が、背筋を伸ばして改まった顔をする。

「せっかくなので、これから学校からの連絡のこととか色々、分からないことがあったら聞かせてもらいたいな、と思うんですが……連絡先の交換なんて、してもらえたりしますか？」

「いいですよ、もちろん」

こちらこそ、願ったり叶ったりだ。小学校に入ると、子供達には親の知らない交友関係が広がっていく。子供達の生活について情報交換できるのは、佐知としてもありがたい。

「ああ、よかった！」

高坂がいそいそとスマートフォンを取り出すから、佐知もスマートフォンを取り出して連絡先を交換させてもらった。高坂は佐知のアイコンが映し出された画面を嬉しそうに眺めた後、

「本当にありがとうございます」と大事そうにスマートフォンを抱きしめる。

大袈裟な人だな、と思うが、悪い気分ではない。自分の存在が誰かの心の平穏に役立つというのは、何だかくすぐったい。

「他の保護者の方は女性ばかりなので、連絡先を交換してくださいなんて、ナンパみたいで言い辛くて」

「ああ、確かに。警戒されちゃうかもしれませんよね」

今は保護者の連絡網も存在しない。何かあれば、学校から一斉送信でメール連絡が来るようになっている。それぐらいに個人情報の扱いには慎重になっている中、初対面で異性の保護者に連絡先を交換してくださいなどと言えば、警戒心を抱かれる可能性は充分にあった。

「男手だけだとなかなか至らないことばかりで……でも、僕にできることは精一杯してあげたいと思ってるんです」

男手だけ、という言葉に、もしかして奥さんがいないのか、と思ったが、口には出さなかった。離婚したのか亡くしたのかは分からないが、おいそれと突っ込んで聞けることではないし、こちらにとっても藪蛇になりかねない。

「素晴らしいと思います」

僕にできることは精一杯してあげたい。その言葉に佐知は好感を持った。それは佐知が日頃から史に対して思っているのと同じことだったからだ。

「それでは皆さん、ただいまから保護者会を始めさせていただきます」

担任の先生の声に、二人は話を中断してそちらを向いた。

保護者達にも緊張が走るのが分かる。佐知は両手を握りしめて賢吾に祈った。

賢吾、俺に力を。

できれば、誰かが役員に立候補してくれますように。


「いやあ、いつもなら自分の不運に落ち込むところですが、今回ばかりは助かりました」

「は、はは」

保護者会を終えて教室を出る佐知の足取りは重い。隣で苦笑と共に頭を掻く高坂と共に、今年の広報部の担当となることが決定してしまったからである。

だから嫌だったんだ！

こういうものに限って引き当ててしまう、自分の不運が憎い。

ああ、早く賢吾に愚痴りたい、なんて思いながらとぼとぼと歩いていると、隣を歩く高坂が「あ」と声を出した。

「おかえりなさい！」

足を止めた高坂の足に抱き着いてきたのは、可愛らしい少年だった。

くる。

「うぅん。あのね、ふみくんとあおとくんとあそんでた」

　ちょうどそのタイミングで、ボールを片付けてきたらしい史と碧斗が佐知の足に抱き着いて

「お待たせ、終。一人で遊んでたの？」


「さち、おわった!?」

「おそいぞ！　おれ、おなかすいちゃった！」

「ああ、ごめんごめん。帰り次第、おやつにするからさ」

「おれ、ほっとけーきがいい！」

「ぼくも！」

「はいはい」

　今日が、午前の診察のみの日でよかった。ああでも、役員の集まりは平日の昼間だと言っていたから、これからどうしたものか。医院を閉める訳にはいかないので、終わり次第参加ということになる。

　また舞桜に迷惑をかけることになるな。途端に伊勢崎の顔が頭を過ぎったが、今は考えないことにした。

「あ、そうだ。二人共、体操服袋を教室に忘れてたぞ」

　教室から無事に回収してきた体操服袋を二人の前に翳せば、史と碧斗は「あちゃあ」とおど

けた声を出す。

「にんげんだから、わすれることもあるよな」

「そうだよね、ぼくたちにんげんだからね」

「感謝の言葉より先に言い訳が出てくるなんて、俺は悲しいよ」

「あ、ちがうよ!?　わすれてないよ!?　さち、ありがとう!」

「そうだぞさち!　ちゃんとありがとうっておもってたぞ!」

慌ててアピールしてくる二人の頭を、くしゃくしゃっと両手で撫でる。最近はすっかり口が達者になった。言い負かされるようになる日も近いかもしれない。

「あ、ぼくも……」

高坂の足に引っ付いていた終と呼ばれた子供が、驚いた顔で高坂のことを見上げる。

「終もすっかり忘れてたね。でも、ちゃんと持ってきたよ」

「あ……ありがとう」

ほっとした顔でお礼を言う姿は、大変控えめだ。

「こんにちは、終君。うちの史と碧斗と一緒にいてくれてありがとう」

佐知が笑いかけると、終は慌てて高坂の後ろに隠れてしまった。

「終、隠れないでご挨拶しなきゃ駄目だろう?」

「ああ、いいんです。急に知らない人に話しかけられたら怖いですよね」

ぽりぽりと頰を搔くと、史が高坂と佐知を交互に見て首を傾げる。

「さち、おわるくんのぱぱといっしょだったの？」

「え？　ああ、たまたま隣の席になってさ」

「ふーん」

史は高坂のことをしばらく見つめ、それからうんと頷いた。

「たぶんだいじょうぶ」

「何が？」

「こっちのはなし！　あ、そうだ！　あのね、おわるくんのうち、おおきないぬをかってるんだって！」

「こんどいっしょにあそぼうってやくそくしたんだよな！」

二人の言葉に、高坂の後ろに隠れた終が顔だけ出して「やくそく」と小さく言った。引っ込み思案な性格らしい。出会った時の史を思い出し、佐知は「無理やり約束させたんじゃないだろうな？」と史と碧斗を見下ろす。

「ちがうよ！　ぼくたちともだちなんだもん！」

「そうだぞ！　さちはおれたちをなんだとおもってるんだ！」

おかんむりの二人がぷうと頰を膨らませるので、佐知は慌てて「ごめんごめん」と謝ったが、「せいいがこもってない！」とまた二人に怒られた。

「ばつとして、ほっとけーきにまいだからね！」

「そうだ、にまいだぞ！」

「はいはい、わかりました」

途端に機嫌を直して「やったあ！」とグラウンドを飛び回る二人に苦笑していると、高坂が「それでは、また」と頭を下げて終と共に去っていく。佐知も頭を下げてそれを見送って、「ほら、帰るぞー！」と二人に声をかけた。

春の爽やかな風がグラウンドを吹き抜けていくのが気持ちいい。改めて、新生活が始まったな、という気がした。

ＰＴＡの仕事が当たるとは思わなかったが、思い通りにいかないのが人生である。あとで賢吾に謝っておかなきゃ。

「さちー！　はやくかえろー！」

「ほっとけーきつくるんだろ！」

いつの間にかさっさとグラウンドから出ようとしていた二人が佐知を呼ぶ。体操服袋を振り回しながらこちらを振り返っている姿に、何だか逞しさを覚えて。

「すぐ行く！」

佐知は慌てて二人に向かって駆け出した。

二人が子供でいてくれるのはあとどれぐらいなんだろう、なんて思いながら。

『それで？　結局、役員を引き当てたのか』

「そうなんだよ！　お前が行ってれば、こんなことにはならなかったのに」

『はは。お前、昔からわりとそういう才能があったよな』

「才能って言うなよ。不運だよ、不運」

ホットケーキを食べ終わった史と碧斗が秘密基地で遊んでいる間に、佐知は賢吾に電話をかけた。仕事中のようで、時折紙を捲る音が聞こえているが、伊勢崎からのお小言が聞こえてこないから、たぶん今は電話していても構わないのだろう。

自分の分のホットケーキを頬張りながら、佐知は授業参観での史の様子を報告したが、途中で壁のお願い事をふと思い出す。

「そういえば、まだあれが残ってたんだ」

『あれって？』

「ほら、俺が書いたお願い事」

『ああ、佐和さんが元気になるようにってやつか』

賢吾は、佐知とのことなら大抵のことは覚えている。思い出を共有できる相手が当たり前にそばにいることは、とてもありがたいことだ。

「まさか残ってるなんて思わなくてびっくりした。切実そうに見えたから、見つけても消さずに置いといてくれたのかな」

『その可能性もあるな』

「じゃあ、お前のお願い事も残ってるかもしれないよな？　ほら、あれ。『さちのねがいごとがかないますように』ってやつ。考えてみたら、お前あの頃から気障だよなあ。普通、小学一年生のお願い事だったら、もっとこう、あれが欲しいとかあそこに行きたいとか、子供らしいのがいっぱいあるはずなのに」

佐知が願い事を書いた時、賢吾も一緒に書いたのだ。自分だけ書くのは嫌だと佐知に強請られて書いた賢吾の願い事は、今もちゃんと残っているんだろうか。

『あの時は、どこかの誰かさんがめそめそしてたからなあ』

貰い物のピーチティーをずずっと啜る。ほのかな甘みがあって美味しい。くくっと笑う賢吾の声がスピーカーから聞こえてくるだけで、心が落ち着く。

「子供の頃から、お前は俺のヒーローだったたって訳だ。あの時、どうして友達を殴ったりなんかしたんだーって、京香さんに死ぬほど怒られたのに、理由も言わなかったよな」

あの日、学校から帰ると、賢吾は待ち受けていた京香にそれはもうめちゃくちゃに怒られた。何故知っているかと言えば、賢吾に誘われて東雲家に寄ろうとした佐知も一緒に、家の前で仁王立ちする京香と出くわしたからだ。

『どうして友達を叩いたりなんかしたんだい！』

『やめろよばばあ！』

賢吾は京香に容赦なくべしんと尻を叩かれ、佐知も思わず尻を隠したが、『あんたに叩かれた子はもっと痛かったろうさ！』と京香にどんなに怒られても、賢吾は最後まで口を割らなかった。

最後には根負けした京香が、『それで？』と言ったのだ。

『そこまでやったからには、守りたいもんは守り切ったんだろうね？』

『あたりまえだ』

『ふん！　だったら、佐知を取り上げるのは三日にしといてあげるよ』

あの時、絶望的な表情をした賢吾を今でも覚えている。佐知にとっても毎日の遊び相手が賢吾だった頃なので、三日も遊べないのかと顔面蒼白になったものだ。

「あの京香さんを根負けさせるなんて、お前ってすごいなあと思ったんだよ」

『そうだったか？　覚えてねえな』

「嘘吐くなよ、言ったらお前の願い事が叶わなくなるかもしれないからなって、俺にそう言ったじゃないか」

『あの頃の俺は、何でもべらべら話すガキでいけねえな』

確かに、今の賢吾だったら自分のやったことが佐知のためだなんて、わざわざ言ったりはしないだろう。そのせいで佐知が気づけないままでいることがきっと山ほどある。

賢吾がそういう風になったのは、一体いつ頃からなんだろう。

「今のお前にも、あの頃ぐらいの可愛げがあったらなあ」

『俺に可愛げなんてもんを求めるのはお前ぐらいのもんだぞ』

「今は何でも隠すのが上手くなっちゃって、油断も隙もあったもんじゃないよ」

『そんな俺のことを可愛い可愛いって言ってたのは誰だったっけ？』

「誰だったかなあ？」

すっとぼけて紅茶を啜ると、通話の向こうでもこくりと何かを飲む喉の音がした。

「まさかコーヒーじゃないだろうな？」

『……ん？』

その反応だけで充分だ。

「やっぱりコーヒーなんだな？　ちゃんと食べてから飲んでるんだろうな？　空きっ腹にコーヒーだけ飲むのは胃に良くないんだぞ」

『分かってるって。ちょこっとは食べてる。それで、他には何かあっ――』

『若、時間です』

『ちっ』

楽しい時間は終了らしい。賢吾がごねて伊勢崎に迷惑をかけてもいけないので、佐知は「頑張ってこいよ」と言って、さっさと通話を切った。

「あ、しまった。高坂さんのことを言っとくの忘れた」

ただでさえ賢吾は嫉妬深い。ちゃんと報告しておかないと、後で盛大に拗ねる可能性がある。それ以前に、広報部で一年間一緒に役員をする相手だ。佐知より賢吾のほうが付き合いが長くなる可能性があるから、どんな人かちゃんと話しておこうと思ったのに。

「まあでも、しばらくは俺が行くことになるだろうし、時間ができた時でいいかな」

賢吾と話さねばならないことは、それ以外にも山ほどある。始まったばかりの史の新しい生活について、賢吾と摺り合わせておかなくてはならない。

だがそれも、賢吾の忙しさが落ち着いてからだ。

「賢吾と高坂さんか……」

賢吾と高坂が二人並んでいるところを想像したら、ちょっと面白い。どう考えても正反対の二人だ。

「賢吾のやつ、ああいうタイプが苦手そうだもんなあ」

穏やかな高坂の隣で苦虫を噛み潰したような顔をする賢吾が思い浮かんで楽しい気分になった後、佐知は残った紅茶を飲み干して立ち上がる。

「さあ、休憩終わり。頑張りますか」

今日は碧斗も夕飯を食べていく予定だ。食べ盛りの二人に、たっぷり食べさせてやらなくては。

それから数日は、賢吾と顔を合わせることがないまま過ぎた。

夜中に帰ってきていることもあれば、戻ることすらない日もある。電話で声を聞くことすらままならず、メッセンジャーアプリで短い文を交わすことが精一杯のことだって。

賢吾がここまで忙しい日々を過ごすのは、史がこの家に来てから初めてのことだ。佐知にできるのは、史が寂しさを感じないように日常を過ごすことだけである。

「――ふたりはこれからもずっとなかのよいともだちです。それだけは、このさきもずっとかわりません。おしまい！」

「うん、大きな声だったし、つっかえることなく読めてたし、感情も籠もってた。よって、全部花丸！」

「やったあ！」

洗濯物を畳んでいた手を止め、手渡された音読カードに花丸を書き込む。史は満足そうにそれを覗き込んでから、「こんどはさんすうのしゅくだいをしなくちゃ！」と張り切ってランドセルから算数の教科書を取り出した。

史は元々質問したがりで、知ることがとても好きな子供だ。小学校での勉強が性に合っているらしく、宿題をするのも苦ではないようで、鼻歌混じりでご機嫌である。

「よし。じゃあ、俺はその間に夕飯の準備をしておくから、丸付けはご飯を食べた後にしような」

「うん、わかった！」

座卓に腰を下ろした史が算数の宿題に取り組み始めるのを確認して、畳んだ洗濯物をソファーに置いて佐知はキッチンへと向かう。

史が小学校に入ってから、これまでとはまた生活のリズムが変わってきている。送り迎えがなくなった分、少し楽ができるようになるかと思ったが、今度は宿題という保護者の仕事が待っていた。

佐知達が小学生の頃は、丸付けと言えば先生がしてくれていたが、今では宿題の採点とやり直しの確認は保護者の仕事である。それ以外にも本読みの宿題や持ち物チェック、手紙の確認など、やることはたくさんあった。

授業で牛乳パックや画用紙が必要になることもあり、その都度確保したり買いに行ったりもしなければならないから油断できない。

史は学校で渡されたお手紙類をきちんと渡してくれるのでまだいいが、碧斗などはランドセルの奥でぐちゃぐちゃになったお手紙が発見されることがよくあると舞桜が嘆いていた。

はっきり言って、保育園の頃よりやることは増えている。これがまだ通常の生活の時なら、本読みの宿題や丸付けは賢吾がやってくれただろうが、今の忙しい賢吾にそこまでやらせたくはないので、このことは黙（だま）っていた。

「まあ、賢吾が忙しいのは今だけだし」

それに、今日は久々に賢吾に会える。先ほど届いたばかりの賢吾からのメッセージを思い出し、佐知は鼻歌混じりに冷蔵庫から卵を取り出す。

遅（おそ）くなるとは言っていたが、今日は佐知が起きている時間に帰ってくると言っていた。夕飯は一緒に食べられなくても、賢吾の分も残しておこう。きっとちゃんと食べていないはずだ。仕方がない、最近の賢吾のお気に入りのポテトサラダでも作るか。

「ふんふふーん」

「ふんふふーん」

史の鼻歌に、佐知の鼻歌が重なる。二人が歌っているのは、賢吾がここのところよく口ずさんでいるアニメソングだった。

夕飯を作る手もさくさくと動く。自分でも気づかぬうちに品数が増えていき、そんな自分のはしゃぎっぷりがおかしくて、思わず噴（ふ）き出した。

「さち、ごきげんだね」

「史もご機嫌だな。学校が楽しい？」

「うん！　きょうかしょをよむのがたのしい！　いろんなことがいっぱいのってて、すごくべんきょうになるの！」

「そっか、そりゃあ大物になるな」

「そう！　ぼく、おおものになるよ！　きょうかちゃんもいってた！」

伊勢崎や犬飼に憧れている史の目指す大物が気になるところである。どちらも悪の大魔王にでもなれそうな人物であるだけに余計に。

「ねえさち、きょうのばんごはんはなぁに」

「そうだなあ、ポテトサラダとナスの味噌汁、野菜の肉巻きと麻婆豆腐、それからほうれん草のお浸しにチヂミと――」

「うわあ、きょうはごうせいだねえ！」

頭に浮かんだ料理を口に出していた佐知は、史の言葉でおかずが多すぎることにようやく気づいた。気持ちはすっかり、久しぶりに帰省する子供を出迎える家族である。せっかく帰ってくるんだから、少しでも食べさせないと。

大学時代、時々手料理を持って家に押しかけてきていた京香のことを思い出し、改めてそのありがたさを実感した。

「さすがにちょっと作り過ぎだよな。やっぱり少し減らして――」

「だめ！　だってどれもぜんぶたべたいもん！」

そっか、じゃあしょうがないよな。だって史が食べたいって言うんだし。

自分に言い訳をしながら、佐知はいそいそと夕飯作りに勤(いそ)しんだ。これを食べて『美味(うま)いなあ』と笑う賢吾の顔を想像しながら。

「もうこんな時間か……」

眺(なが)めていたテレビの画面から視線を外し、代わりに壁(かべ)時計を見上げて佐知は大きく伸(の)びをした。もうとっくに日付は変わっている。朝が早い生活をしているから、あまり夜更(よふ)かしは得意ではない。

眠気(ねむけ)に襲(おそ)われ欠伸(あくび)をし、何か目が覚めるような番組がやっていないかなとチャンネルを変えていた佐知は、あるチャンネルでふと手を止めた。

「ああ、この番組ってあれか」

テレビには楽しそうに街を歩く芸能人の姿が映っている。色々な街を散策する番組の再放送で、この日はたまたまこの辺りが紹介(しょうかい)されていた回だった。

この番組に近所の商店街が出ると聞いて、初回放送日には賢吾と史と三人でわくわくしながらテレビに齧(かじ)りついていた。あの時は商店街の店主達が出るたびに三人共大盛り上がりで、居間は笑い声に満ちていたのに、一人で観(み)ているとあの時が嘘(うそ)みたいに気分が盛り上がらない。

「いつ帰ってくるかなあ」

テレビの電源を落とし、座卓に突っ伏す。一応スマートフォンを確認してみたけれど、賢吾からの連絡はなかった。

独り言を言うのは寂しいからだ、という意見をテレビで観たことがある。実際それが正しいのかどうかは分からないが、今の佐知はまさにそれだった。

連絡がないということは、帰っては来るはずだ。あともう少し待てば、賢吾が帰ってくる。そうしたらこんな寂しさはすぐに吹き飛んで、佐知の心は充たされるだろう。あともう少しの我慢。

「早く、帰ってこいよ……」

お前のために馬鹿みたいに夕飯を作ったんだ。お腹いっぱい食べさせたくて。話したいこともたくさんある。史に新しい友達ができたこと、医院で失敗したこと、高坂のこと。

「けん、ご……」

佐知。

賢吾が優しく自分を呼ぶ声が聞こえる。佐知が手を伸ばせば当たり前に抱き寄せて、待たせてごめんな、と謝るのだ。

そうしたら佐知は、待ってなんかないぞ、と強がりを言う。いや、たまには素直に『寂しかった』と言ってもいいかもしれない。きっと賢吾は嬉しそうに笑って、それから佐知に甘いキスをくれるだろう。

ふふ、と口元が緩む。想像しただけで楽しみだ。早く賢吾、帰ってこないかな。そうしたら

「佐知？」

ゆらゆらと揺蕩うような意識の中で、賢吾の声がまた聞こえる。

「楽しそうな顔しやがって、襲うぞこら」

いいよ、襲っても。お前にだったら、いつ食べられてもいいんだ。

「やべえこと言うなよ。本当に襲いたくなるだろうが、馬鹿」

頬に優しい温もりが触れた気がする。それが何か確かめたいのに、目が開かない。

「おやすみ、佐知」

おやすみ、賢吾。良い夢を。


ピピピピピッ！

毎朝セットしているスマートフォンのアラームの音に、佐知の意識がゆっくりと浮上する。

「ん……」

もぞもぞと手を動かして、布団にくるまったままでアラームの音を止めた。

まだ眠い。昨夜は賢吾を待って遅くまで起きていたからなあ。……と、そこまで考えて、佐

知は飛び起きた。

「賢吾!?」

一体いつの間に寝てしまっていたのか。記憶にあるのは居間で賢吾を待っていたところまでだ。それなのにちゃんと布団で寝ているし、パジャマにだって着替えている。

「自分で、ここまで来た……？」

記憶がないだけで、眠気を抱えながら何とか自分でここまで辿り着いたのだろうか。いや、待てよ？

『おやすみ、佐知』

賢吾の優しい声と、頰に触れた感触が蘇る。

賢吾だ。賢吾が佐知をここまで連れてきて着替えさせてくれたのだ。

「俺の馬鹿！」

せっかく賢吾が帰ってきたのに、あともうちょっとだったのに、それを待てずに寝てしまうなんて。

『楽しそうな顔しやがって、襲うぞこら』

賢吾の声が、また一つ蘇る。

ぱふん、と音を立てて布団に逆戻りして、布団を口元まで引き上げた。

「襲ってくれたらよかったのに、馬鹿」

そうしたら、佐知は目を覚まして、賢吾の顔を見ることができて、賢吾を感じることができて、それから——

「ああ、もう！　そこは襲うところだろうが！　それでも極道か！」

賢吾が聞いたら、もっと自分を大事にしろよ、と言い出しそうなことを叫んで、佐知は布団の上でじたばたと暴れた。

「次こそは絶対に寝ない！」

きっと今頃、賢吾はくしゃみをしているに違いない。

だが、次の機会はなかなかやってこなかった。

「さいきんぱぱがいないね」

史は入学式以来、一度も賢吾に会えていない。仕事が忙しいことはこれまでにも何度かあったが、ここまで顔を見られないのは史がこの家に来てから初めてのことだ。史が寂しがるのも無理はない。

小学校から帰ってくるなり寂しそうに呟いた史に、佐知までしょぼんとしてしまいそうになったが、夕飯を作っていた手を止めて慌てて明るく取り繕う。

「あともうちょっとしたら、仕事が忙しいのも落ち着くって。そしたら、これまで寂しい思いをさせられた分も含めて、いっぱいパパに遊んでもらおうな」

「うん」

ランドセルを置いた史は少しだけ笑顔を見せたが、すぐにまた下を向く。

「……ぱぱもいないし、おともだちにもあえなくなったでしょ？」

「お友達って？」

「ほいくえんのおともだち」

史の通っていた保育園から同じ小学校へ行った子は多いが、全員ではない。史が仲良くしていた何人かはお受験組で、小学校からは私立に通うことになったため、離れ離れだ。ただでさえお友達と離れて寂しいところに、賢吾まで帰ってこなくなって、史は余計に寂しく感じ始めてしまったらしい。

「あのね、あたらしいおともだちがたくさんできたのはうれしいんだよ？　でもね、さとしくんとはこんどまたひこうきをとばしてあそぼうってやくそくしてたんだ。かっこいいひこうきのつくりかたをみつけて、いっしょにとばそうって」

「そっか……」

別れというものは、大人になっても寂しいものだ。子供なら尚更で、大人にとっては近所だと思う距離も、子供にとっては永遠の別れのように感じたりもする。

慰めの言葉の代わりに、佐知は史に近づいてぽんと頭を撫でた。史がぎゅっと足に抱き着いてくる。

「あたらしいおともだちもすきだけど、ほいくえんのおともだちもみんなすきなのに。ねえさち、もうずっとあえないのかな」

「そんなことないよ」

人の縁は不思議なもので、一度離れた人ともまたどこかで縁が結ばれることだってある。だが賢吾が佐知にそうしてくれたように、史には待つばかりではなく自分で行動できる大人になってもらいたい。

「会いたくなったら会いに行けばいいだろ？」

「あいにいく？」

「そうだ。ほとんどのお友達は、今も近所に住んでる。前みたいに毎日会うことはできなくても、また一緒に遊ぶことはできるだろ？」

「そっか……あいにいけばいいのか！」

史の世界はまだまだ狭い。それでも、これからは加速度的に広がっていくのだろう。

きっと寂しい気持ちになることもあるだろうし、心配になることもある。けれど史の世界が広がっていくのを、隣で一緒に見ていられたら幸せだ。

「ねえ、こんどのおやすみ、さとしくんのおうちにいってもいい!?」

「さとしくんのママに聞いておくよ」

智君のママは佐知と賢吾の同級生で、連絡先も知っている。「相手の都合もあるだろうから確認してからな」と言うと、史は頬をふくりとさせて頷いた。

「ぼく、かみひこうきのれんしゅうしようっと！」

ご機嫌で、居間の片隅に最近設置した本棚に駆けていく。

元々絵本を読むことは好きだったが、最近では辞典や小説も読みたがるようになり、作ったばかりの本棚は早くも本でいっぱいだ。まだ漢字は読めないが、最近の本はふりがながついているものも多く、読むのにほとんど苦労しない。

以前はあれ読んでこれ読んでと強請っていた史が、今では一人で静かに本を読んでいることも増えた。成長を感じると同時に、少しばかり寂しくなる。

こうして少しずつ、一人でできることが増えていく。まだもう少し自分の腕の中にいて欲しい、なんて思うのはエゴでしかないと知っているが、手を放すべき時と手を握る時の見極めがなかなか難しい。

「ねえさち！　あとでいっしょになかにわにとばしにいこうね！」

「ああ。遠くまで飛ばせるやつを作ってくれよ？」

「まかせといて！」

笑顔を取り戻した史にほっとしていると、史が振り返る。

「ねえ！　ぱぱにおてがみもかく！」

「お手紙？」

「そう！」

「そうだな。史からのお手紙を見たら、きっと喜ぶよ。何を書くんだ？」

「ないしょ！　おとことおとこのやくそく！」

「何だそれ」

すっかり字が書けるようになった史の中では今、手紙を書くのが流行(はや)っている。色々なところに手紙を出しては返事が来るのを楽しみにしていると知っているから、賢吾に返事を書く時間があるかなと心配にはなったが、少しぐらい遅(おく)れても許してくれるはずだ。

「さちはぜったいみちゃだめだからね！」

「何だよ、俺を仲間外れにするつもりなのか？」

「さちにもちゃんとおてがみかいてあげるから！」

史はこうと決めたら引かない頑固(がんこ)さがある。ここは絶対に譲(ゆず)らないというのが分かるので、佐知は「はいはい」とあっさり引くことにした。

いっそ、俺も賢吾に手紙を書こうかな。


史とそんなやり取りをした翌日。

「ああ、佐知さん、お帰りなさい」

仕事を終えて帰宅すると、スマートフォンを手にした伊勢崎が玄関に立っていた。

「あれ、伊勢崎？　賢吾も帰ってるのか？」

夕飯に間に合うように帰るのはどれぐらいぶりだろう。賢吾が帰ってくるなら、あいつ好みのメニューにしてやればよかった。そんなことを考えて、うきうきしながら靴を脱いで上がれば、出迎えた伊勢崎は肩を竦める。

「いえ、若は見張りをつけて閉じ込めて仕事をさせています。今日も帰れそうにないので、若の着替えを取りに戻りました」

「……そう」

膨れ上がった期待が、一気にぺしゃんと潰れた。だがまあ仕方がない。すぐに切り替えたが、今度は心配が顔を出す。

「なあ、こんなにずっと忙しくて大丈夫なのか？」

「大丈夫ではないですが、それを承知でイタリアに行った訳ですからね」

伊勢崎はスマートフォンを覗きながらそう答えたが、突き放すようなことを言うくせに伊勢崎にしては同情的な表情だったのは、それだけ忙しいからだろう。

「お前も、何かくたびれてるな」

スマートフォンからなかなか目が離せないぐらい、忙しいらしい。賢吾のスケジュール管理だけではなく、資料を集めたり部下に指示を出したり、伊勢崎の仕事は多岐に亘る。

「お陰様で、若が帰れないのと同じだけ、俺も帰れていないので」

「舞桜不足か」

「今すぐ帰りたくなるので、名前を出すのもやめて欲しいぐらいには」

「相当キテるな」

スーツは相変わらずぴしりとして皺一つないし、隙のない着こなしではあるが、表情に疲れが隠せていない。伊勢崎がこうだということは、賢吾も相当だろう。

「佐知さん、もし時間が……おや？　やけに荷物が多いですね」

「ああ、これ？　小学校の役員が当たっちゃってさ、その引き継ぎで過去の資料を預かってきたんだ。広報部って学校新聞を作ったりするらしくて、次の集まりまでにどういう新聞を作るかっていう案を出さなきゃいけないんだってさ」

両手いっぱいに抱えた手提げ袋には、紙の資料がわんさか入っている。今は何でもデータで管理すると思っていたが、個人情報の問題などがあるので、役員関係の仕事はまだまだ紙が活躍しているようだ。

「それはまた、大変ですね」

「何せ初めてだからなあ。こういうのは伊勢崎のほうが向いてそう」

「やめてください。これ以上、俺の仕事を増やしたら怒りますよ」

「分かってるよ。いくら何でも、役員の仕事を押しつけたりする訳ないだろ。それよりお前、のんびりしてていいのか？」

伊勢崎は腕時計を確認し、ちっ、と舌打ちをする。

「早く戻らないと、若が拗ねているかもしれませんね」

「拗ねる？」

「こちらの話なのでお気になさらず。それよりも佐知さん、若のスーツなんですが、適当に持っていかせていただいても？」

「いや、俺がやるよ。どこにあるか分からないだろ？」

「いえ、佐知さんが来る以前は若のスーツを準備していたのは俺ですから、大体の場所は分かります。許可だけくだされば」

「あ、ああ……じゃあ、よろしく」

「ありがとうございます。では、急ぎますので」

スマートフォンを胸ポケットに仕舞った伊勢崎が足早に去っていくのを見送りながら、そうだよな、と思った。考えてみたら、この家での賢吾の姿は、佐知より伊勢崎のほうがよほど知っているのだ。

幼馴染みとしてはもちろん佐知のほうが付き合いが長いが、大学在学中からすでに賢吾と仕事をし始めていた伊勢崎は、佐知がこの家に来るまで、実質的にこの家の管理を任されていたと聞いている。

何だか、この家の主面をしてしまった自分が恥ずかしくなった。それと同時に、何だかよく分からない負けん気がむくむくと湧きあがりそうになって、いけないと首を振る。

仕事だけの付き合いの伊勢崎のほうが、今だって賢吾と一緒にいる時間が長いなんて狡い。一瞬でもそう考えてしまった自分を何とか戒める。

そんなことを考えたなんて知れたら、伊勢崎に今すぐ代われと怒られそうだ。

佐知は賢吾の補佐などできない。伊勢崎ほど有能な男の代わりなど、佐知でなくともできるはずがないし、常日頃の伊勢崎の大変さを知っていたら、拝むことがあっても羨むなんてあり得ない。

「あ、そうだ、肝心なことを忘れていました」

廊下の角を曲がろうとしていた伊勢崎が、急に振り返って戻ってくる。

「若から史坊ちゃん宛てに手紙を預かっています」

「え？　もう？　やけに早いな」

史の手紙は今朝、組員に預けたばかりだ。驚く佐知をよそに、伊勢崎は胸ポケットから取り出した手紙を佐知が抱えている手提げ袋の上に載せる。

「それから、若から佐知さんへ伝言です。勝手に中を見るなよ、だそうです」

「伝言って、それだけ？」

「はい。では、俺はこれで」

今度こそ伊勢崎が去っていくのを見送りながら、佐知は唇を尖らせた。

何だよ、仲間外れにして。

勝手に手紙を見てやろうと思っていた訳ではないが、史からも賢吾からも見るなと言われるのは、何となく面白くない。

そんなことを考えてしまうのは、結局のところ賢吾が不足しているからだ。

「賢吾、俺が干からびる前に帰ってこいよ」

貪欲な佐知は、あれだけ普段から賢吾に愛情を注がれているというのに、ほんのすこし会えないだけですっかり干からびてしまいそうになっている。

「帰ってきたら、絶対甘えまくってやる」

持っていた手提げ袋を抱え直す。がさりと資料が揺れるのに合わせ、天辺に載せられた賢吾の手紙もふわりと浮いて着地した。

「とりあえず、資料を見るのは後回しにして、先に夕飯の準備だな」

余計なことを考えている暇があったら、まずはやるべきことをやらないと。慣れないことをするには、まず腹ごしらえだ。

第一回の広報部の部会は何とか無事に終わった。あらかじめ部内で過去の資料を回していたので、当日はスムーズに話も進み、部長決めで当たりを引き当てることもなく、佐知は胸を撫で下ろして会議に使われていた教室を出る。

「東雲さん」

声をかけられて振り返ると、そこには荷物を山ほど抱えた高坂の姿があった。彼は何と広報部の部長を引き当ててしまったのである。

「大丈夫ですか？」

落ちそうになっていた荷物を、抱えやすく積み直してやる。

高坂が持っているのは過去の資料と引き継ぎで渡されたもの、それから部員の連絡先などで、部内で全員に回されたものより更に多い。それらを見ているだけで、部長というのは大変そうだな、と同情してしまった。

「いやあ、まさか当たってしまうとは思わなかったですけど、やるからにはしっかり頑張らないと」

二人の背後を、会釈しながら他の保護者が通り抜けていく。邪魔にならないように廊下の端に寄って、荷物を抱えながらずり落ちそうな眼鏡を何とか戻し、高坂は人のいい笑みを浮かべた。

「ええっと、そうだ、呼び止めたのには理由があって、連絡先のところに東雲さんは電話番号を二つ書かれているんですが――」

「ああ、一つは史の父親の連絡先です。今は俺が代わりに出ていますけど、仕事が落ち着けば本人が来るはずなので」

「佐知さんは、史君のお父さんではなかったんですね」

「……そう、なりますね」

確かに佐知は史の父親ではない。父ではなくとも家族ではあるが、その感覚を一言では言い表せない。

史とは兄弟なんです。そう言えれば話は早いが、佐知がそう言うことによって史を混乱させたくもなかった。史は佐知を佐知のままで家族にしてくれたから。父親でも母親でも兄弟でもない、血の繋がりもない佐知を、そのどれでもなくとも家族にしてくれた史の気持ちを、捻じ曲げたりはしたくない。

三人の関係を聞かれれば隠すことはしないが、これまでは黙っていても、何となく察してくれる人ばかりで、そういう空気に助けられてここまで来た気もする。

説明するべきか否か。佐知が迷っている間に、高坂は「大丈夫ですよ」と頷く。

「どのご家庭もそれぞれ事情がありますよね。それを無理に聞きたい訳ではないんです。ただ、史君のお父さんはあまりこういう場に来ないのかな、と、どうしてもそれだけが気になってしまって」

「いや、今はちょっと忙しくて」

高坂の答えに佐知がほっとしたのも束の間で、今度は賢吾のことを誤解されていることが気になった。

普段の賢吾なら、もっと積極的に参加しているはずなのだ。賢吾が父親として失格だと思われるのは嫌で、佐知は慌てて付け足す。

「忙しいのさえ落ち着けば、こういう場にも顔を出すようになると思います」

賢吾は決して、やりたくないことを佐知に押しつけている訳ではない。今は本当に手一杯で余裕がないだけなのだ。

現に賢吾は何度か『俺が出る』と言ったが、般若の顔をした伊勢崎に『殺しますよ？』と言われて今に至る。あの時の伊勢崎の鬼気迫る表情は怖かったが、今の忙しさを考えれば気持ちは分からなくもない。

賢吾が抜ければ、その分は全て伊勢崎に降りかかるし、それでもどうにもならない仕事は更に降り積もっていく。そうなれば賢吾に余裕ができるのだって更に先になるだろうし、そんなことは佐知も望んでいない。

「忙しい、ですか」

けれど、苦笑した高坂の言葉がちくりと佐知の胸に棘を刺す。

「忙しい、という言葉を言い訳にしていたら、時間はあっという間に過ぎてしまうのに」

その言葉を、実際に男手一つで子育てしている高坂に言われると、言い返す言葉もなかった。

高坂自身、仕事と家事の両立で忙しいだろう。しかも高坂は一人きりでそれをやっているのだ。

「仕事は確かに大事です。ですが、仕事では得られない幸せがありますよね。僕は、終の成長をなるべく見逃さないようにしたい。そのためには他のことを犠牲にする覚悟があります。だって、子供の成長は今この瞬間だけですから」

すぐに高坂ははっとした顔をして、「事情も知らないのに勝手なことを言ってすみませんっ」と頭を下げる。途端に持っていた資料がばさばさと崩れ落ちた。

「大丈夫ですか!?」

慌てて一緒に膝をついて、落ちた資料を集める。そうして何でもない顔を装いながらも、佐知は心の中にもやっとしたものが広がっていくのを感じた。

子供の成長は今この瞬間だけ。

分かっている。そんなことは百も承知だ。賢吾だってそれが分かっているから、出来得る限り史との生活を優先している。今回だけ。今回だけ、忙しいだけなのだ。

だけど、そんなことをどれだけ言い募っても、ただの言い訳にしか聞こえないだろう。今現在、賢吾はこの場にいないのだから。

そのことがひどく悔しかった。

【今日も遅くなる】

半ば予想していたはずなのに、その文面を見た佐知は自分でも驚くぐらいに落ち込んでしまった。

居間の真ん中に座り込み、スマートフォンを床に置く。そうして、取り込んできたばかりの洗濯物を畳み始めてみても、ため息を吐くのは止められなかった。

「はあ……」

やっぱり帰ってこないのか。何日、お前の顔を見てないと思ってるんだよ。

忙しい合間を縫って連絡はくれる。短い時間ではあっても、声を聴くこともある。だけど、やっぱり賢吾の温もりがそばにないのは寂しい。

今日、高坂にあんなことを言われたから余計なのかもしれない。

『忙しい、という言葉を言い訳にしていたら、時間はあっという間に過ぎてしまうのに』

賢吾がその言葉を言い訳にしている訳ではないと知っているが、確かに時間はあっという間に過ぎていく。

賢吾が忙しくし始めてから、もう二週間以上が経つ。しばらく忙しいと聞いた時には一週間ぐらいかと思っていたが、どうやら忙しいだけではなく色々問題もあるようで、いつ賢吾に余裕ができるのかはいまだに分からない。

「いつまでかかるのかなあ」

畳みかけていた賢吾のワイシャツを抱きしめる。洗いたてのそれからはちっとも賢吾の匂いがしない。香水をしていなくとも香る賢吾自身の匂い。あの匂いに包まれた時の多幸感を思い出し、佐知の身体がぶわりと熱くなった。

「ああ、最悪……」

身に覚えのある感覚に、行儀悪く舌打ちをしたくなる。

顔を見ていないということは、もちろん何日もその身体に触れていないということだ。この身体に触れられてもいない。

賢吾とこういう関係になるまで、自分は淡泊なほうだと思っていた。積極的に自慰をしたこともないし、ましてやそういう時に誰かを具体的に思い浮かべたこともなかった。

それが今では、こうして身体が疼くようになってしまっている。全部賢吾のせいだ。

「はあ」

大きくため息を吐く。こうなったら、さっさと出してしまったほうがいい。

賢吾のワイシャツを抱きしめたまま、ごそりとハーフパンツの中に指を這わせる。ワイシャツに顔を埋め、少しだけ形を変えているそこを握って扱いた。

目を瞑ったまま、賢吾のやり方をなぞる。指で先端をくりくりと弄り、佐知の先走りをわざ

と塗り込めるのが賢吾で、そんなところが善いなんてことも、賢吾に教えられた。

「……っ、ふ……」

声を嚙み殺し、先走りで濡れた指でゆるゆると扱く。

『佐知、嚙むなよ。傷になるだろ?』

いつかの賢吾の声が頭の中に響く。くすりと笑う気配と、甘い囁き。それがあれば、今すぐにだって達けるのに。

刺激が足りない。あともう少し、快楽への後押しが足りない。身体の奥が疼く。ここに賢吾が欲しい。そうしたら心も身体も満ち足りるはずなのに、今は虚しいばかりだった。

「賢吾が俺を放っておくのが悪いんだからな。一人で気持ち良くなっても、文句を言われる筋合いなんかないし」

ワイシャツに顔を埋めたまま、くぐもった声でそう呟く。

前を扱いた指を、尻の奥に伸ばした。先走りで少しだけ濡れた指をそこに入れる。長くほったらかしにされたそこは固く指を拒んだが、ゆっくり、ゆっくりと、指一本だけを何とか差し入れて。

そこで、佐知は固まってしまった。

この指は、賢吾の指じゃない。あの、いつも佐知を蕩けさせる指とは違う。

自分の指なのに、身体はただの異物だと認識する。途端に身体が強張って、気持ち良さを感じるなんて到底無理だと思った。

自分でここを弄るのは初めてではない。だけど、いつも賢吾の存在がそばにあった。……今は、賢吾の存在をまるで感じない。

「ぁ、何で……っ」

意地になって指を動かしてみても、異物感が増すばかりで。

自分の今の姿があまりにみっともなく思えて、眦に涙が浮かんだ。

「賢吾の、ばか……」

俺の身体をこんなにしやがって。もう一人では達けない身体になってしまった。それなのに賢吾は、今日も帰ってこないのだ。

「いや、馬鹿なのは俺のほうか」

佐知にだって忙しい時はある。お互い様だ。不満に思うのは間違っている。賢吾の仕事が落ちつくまで待つのは当たり前のことだ。

そうっと指を抜く。

「ああ、もう！」

ひどく惨めな気になって、佐知は賢吾のワイシャツを遠くに放り投げた。今のこの自分の浅ましさを、賢吾に見られるようで嫌だったのだ。

「参ったなあ、とんだ淫乱になってしまった」

一人呟いて、苦笑する。きっと賢吾がこの場にいたら、『そりゃあ最高だな』とでも言いそうな気がした。

こんな時でも、賢吾の存在に癒されている。

ああ、早く賢吾の仕事が落ち着かないかな。そうしたら。

そこまで考えて、身体がふるりと震えた。

「早く俺を抱きしめろよ、馬鹿」

賢吾の愛情を疑うことなんてない。愛されている自信はある。それでも、寂しいものは寂しいのだ。

賢吾の温もりを知ってしまったから。賢吾に抱きしめられている時にしか得られない幸せがあることを、佐知はもう知ってしまっているから。

賢吾の存在が、佐知を強くも弱くもする。まったく、愛というものは厄介だ。

けれどそれに振り回されることだって、賢吾と一緒なら楽しい。

……そう、賢吾と一緒なら。

仕事が終わって帰宅した佐知は、組員に史が本宅で遊んでいると聞いて迎えに行くことにしたのだが、その途中でふと足を止める。

所だ。

本宅の調理場は別邸である佐知達の家のキッチンとは違い、大人数での調理ができる広い場所だ。

忙しく立ち回る調理場担当の組員達に交じって、伊勢崎が黙々と料理しているのを見つけたのは偶然だった。

伊勢崎が本宅で料理をしているなんて珍しい。家事全般が得意という隙のない男ではあるが、常に忙しい伊勢崎に料理をさせようとする者は滅多にいなかった。当然だ。料理は他の者でも構わないが、伊勢崎でなければできない仕事は山のようにある。

「なあ、どうして伊勢崎が調理場にいるんだ？」

ちょうど調理場から出てきた組員を捕まえて聞いてみれば、返ってきたのは——。

「ああ、あれですか。時々ここに戻っては、若の弁当を作ってるんですよ」

「……え？」

「ここのところ、若は忙しすぎて飯もろくに食えていないらしくてですね、せめて好物を集めた弁当を作って若に少しでも食べさせようって。補佐は本当に若思いですよね」

「へえ……」

何となく、胸にもやりとした気持ちが広がる。

伊勢崎のやつ、やけに甲斐甲斐しいじゃないか。賢吾のせいで忙しいといつも怒ってはいるが、何だかんだ言っても伊勢崎は賢吾のことが大好きなのだ。

いや、別にあいつが賢吾のことを恋愛的な意味でどうこうなんて思ってないし。胸やけしそうなぐらいに舞桜のことを愛してるのを知ってるし。

だから別にこれは、嫉妬だとかヤキモチだとか、そういう類のものじゃない。当たり前だ、何で伊勢崎に嫉妬なんかするんだ。あり得ないだろ、はは。

「さ、さちさん……？」

組員に恐る恐る声をかけられ、佐知ははっと顔を上げた。

俺、今何を考えてた？　伊勢崎は賢吾のためにやっているだけだ。感謝こそすれ、腹を立てるなんて間違っている。え？　俺は今、伊勢崎に腹を立てていたのか？

これはよくない。何だか分からないけどよくないぞ。佐知は慌てて組員に向かって笑顔を作った。

「はは、伊勢崎は手際がいいからな。思わず見惚れちゃったよ」

「ああ、確かに。補佐は料理もお上手ですもんね」

悪気ない組員の一言にも、何だか胸がちくちくする。

そうだ、伊勢崎は佐知より料理が上手い。賢吾はいつも佐知の料理を美味しい美味しいと言って食べているが、伊勢崎の料理を食べたら、佐知の味では物足りなくなるかも。いや、何を考えているんだ、賢吾は俺の料理が好きだと言ってくれてるだろ。この前だって美味しそうにがつがつ食べてたし。今更あいつの言葉を疑うつもりか？

何だ、これは。何かおかしいぞ。

「佐知さん？」

「あ、いや何でもない。俺はちょっと京香さんに用があるから行くよ」

黙り込んだ佐知に訝しげな顔をした組員に言い訳をして、慌ててその場を離れる。廊下に出て、何となく早足で歩きながら、佐知は自分の中のもやもやした気持ちと闘った。

別に、伊勢崎が弁当を作ったっていいだろ。そう思っているはずなのに、甲斐甲斐しく賢吾の世話を焼く伊勢崎を見ていると、胸のもやもやが晴れない。

もしかして俺、伊勢崎に嫉妬してる？

いやいやいや、そんなまさか。伊勢崎だぞ？　そりゃあもちろん、賢吾と伊勢崎が分かり合ってるのを見た時なんかに嫉妬したことがないとは言わないが、今のこれはそれとはちょっと違う気がする。

「ははは、冗談だろ？」

自分の笑う声が、空々しく響く。

伊勢崎に嫉妬？　俺が？　あり得ないだろ。だって伊勢崎だぞ？

笑い飛ばしたいのに、うまくいかない。

「嘘だろ、俺！」

まさか自分が、こんなに嫉妬深いなんて。

賢吾に対する執着の強さはそれなりに自覚があったが、ここまでとは思わなかった。甘やかされ慣れた弊害かもしれない。賢吾が忙しいことを分かっていながら、自分が優先されないことに腹を立てるなんて自分勝手すぎる。しかも伊勢崎相手に嫉妬するなんて、あまりにも不毛だ。

「最低だろ」

そう思っても、この胸のもやもやをどうにも抑えられない。

何だこれは。あまりにも厄介すぎる。俺という男は、何て面倒臭いやつなんだ！

「……ん……まだ、こんな時間か」

枕元に置いていたスマートフォンを確認して、ごそりと起き上がる。

夜中に目を覚ましたのは、佐知にしては珍しいことだった。昼間に気づいたことが衝撃的で、なかなか眠れなかったせいかもしれない。

起きてすぐに喉の渇きを感じて、隣で眠る史を起こさないようにしてそっと部屋を出る。

最近では一人で寝ることも多くなっていた史だが、今日は「いっしょにねよ」と誘われた。賢吾がいなくて寂しいのだろう。

寝惚け眼でとぼとぼと居間へと向かう。夜間でも廊下には間接照明が灯っているが、さすがにこの時間には人の気配はあまりない。

しんと静まり返る邸内に、佐知が歩く音だけが聞こえる。あともう少しで居間に着く。異変に気づいたのはその時だ。

誰もいないはずの居間から、人の気配がした。戸は開いたままなのに、部屋の電気はつけられていない。

東雲邸の居間は完全なるプライベート空間で、ここに住みこんでいる組員達でも最近は勝手に出入りすることはない。佐知の留守中に居間に入らなければならない事情ができた時には、わざわざ連絡が来るぐらいだ。

泥棒？　いや、そんなまさか。

東雲邸に泥棒が入るなんて考えられない。邸内に人の気配がなくとも、外では組員達が交代で見回りをしているのだ。

……でも、何事にも絶対なんてことはあり得ない。賢吾がいない今、俺が何とか戦わなければ。

ごそごそと暗闇で動く音に、そっと近づく。やはり、間違いなく誰かがいる。

呼吸音を聞かれないように、息を詰めた。地の利はこちらにある。物音を立てないように慎重に移動する。

音の出所は冷蔵庫の辺りだ。開けられた冷蔵庫の扉から漏れる光が、男の姿をうっすらと浮かび上がらせる。

見えたのは大きな背中だった。素手で戦って勝てるとは思えない。佐知はそっと電気のスイッチのそばに近づき、そこに立てかけてある木刀を手にしてから電気をつけた。

「うちに乗り込んでくるなんていい度胸だ！　覚悟し……賢吾⁉」

ぱっと明るくなった室内で、突きつけかけた木刀を慌てて下ろす。そこにいたのは何と、夕飯の残りが入ったタッパーを手に持った賢吾だった。

「え？　お前、どうしたの⁉　今日も帰ってこられないはずじゃ……？」

「いや、ちょっと時間ができたんでな」

「だったら連絡してこいよ！　びっくりするだろうが！」

勢い余って持っていた木刀をまた突きつけてしまい、慌てて元の場所に置く。一気に緊張が解けてへなへなとカウンターに凭れると、タッパーを置いた賢吾の手が安心させるようにそっと背中に触れた。

「驚かせて悪かった。本当はもっと早く帰ってきたかったんだが、帰れると分かったのがついさっきだったんだ。もうお前は寝てるだろうと思って」

寝ていたのは本当なので、それ以上の文句をぐっと押し込める。

「けどよ、泥棒かもしれねえって思って、一人で退治しようとするなんて何考えてんだ。そういう時はちゃんと組員達を呼べよ」

無鉄砲さを指摘され、佐知はむぅっと唇を尖らせた。

「それを言うなら、こんなところで電気もつけずにこそこそしてたお前も悪いだろ。ここで何してたんだよ」

「何か、食うものがねえかなって」

「せめて電気ぐらいつけろよ、怪しすぎるだろ」

「つける暇が惜しかった」

「何だそれ」

子供でももうちょっとましな言い訳をするぞと嘆息したが、笑わないところを見るとどうやら本気だったらしい。そんなにお腹が空いているのか。

「夕飯の残りならあるけど……食べる？」

夕飯の残りなら、の辺りですでに賢吾が目をきらきらさせていて、そんなにも飢えているのか、と佐知は呆れながら賢吾の頬をむにっと摘まんだ。

久々の温もりが指に触れる。ああ、賢吾がいる。それだけで、身体中に何かが満ちていくような安堵があった。

「温めてやるから、ちゃんと起きて待ってろよ？」

そんなにお腹が空いているなら、どうしてもっとちゃんと食べないのか。

「いや、夜も遅い。どれか教えてくれたら後は自分でやるから——」

「ばぁか。俺がやりたいの」

ぴん、と指で賢吾の鼻を弾く。ようやく賢吾に会えたことで、ここ数日の胸のもやもやが一気に霧散した気がする。

本当なら今すぐ抱きしめてキスしたいぐらいだったが、目の下に隈を作って先日より頬もこけている賢吾の姿を見ると、さすがにそれどころではない。

まずはしっかり食べさせなくては。

使命感に駆られて、賢吾の代わりに冷蔵庫の前に立ち、いくつかのタッパーを取り出す。皿に移し変えて電子レンジで温める間、賢吾は背後から佐知に巻きついて離れなくなった。

「動けないんだけど」

「ちょっとだけ」

佐知の肩口に額をぐりぐりと押しつけて、賢吾が呟く。

「佐知だ」

「そうですけど」

「佐知だな」

「いちいち確認するのやめてくれる？　俺じゃなかったら誰なんだよ」

口ではそう言いつつも、見られていないのをいいことに頬を緩める。賢吾の全てが、佐知を好きだと言っている。声も、行動も、全部が佐知を求めていたことを知らせてくる。

「ああ、その毒舌。やっぱり佐知だわ」

「ぶん殴るぞ」

電子レンジが音を立てたタイミングで、賢吾の腕をぱんぱん叩いて放せと合図する。賢吾が離れると背中が寂しくなった気がしたけれど、今は食べさせることが先決だ。

夕飯の残り物はニラ炒めと春巻きだけだったので、茗荷を載せた冷奴と漬物、温泉卵も器に移し、もしもの時のためにと備蓄しているインスタントの味噌汁も入れる。

「とりあえずは、これぐらいかな。もし食べるなら、今から何か作るけど」

「いい、充分だ」

温めたおかずとご飯をトレーに載せ、座卓に置く。そうしている間にスーツの上着を脱いだ賢吾も、ネクタイを解いてシャツの一番上のボタンを外して席についた。

今日はまさか賢吾が帰ってくると思っていなかったから、少し手を抜いてしまっていた。こんなことならちゃんと作ればよかった。もっと栄養たっぷりなものを食べさせてやりたかったな、と後悔する。

「ほら、さっさと食べろ。まずはそこからだ」

「おう」

素直に席について食べ始めた賢吾のために、温かい茶を淹れてやる。

「ゆっくり噛んで食べろよ?」

まるで小さな子供に言い聞かせるような言葉は、賢吾があまりにがつがつと食べ進めるからだ。一体いつから食べていないんだ。

「ああ、やっぱり佐知の飯は美味いな」

「何が美味いな、だよ。大したものじゃないのに、大袈裟に言うな」

冷奴は茗荷を載せただけだし、漬物は京香に貰ったもので、味噌汁は湯を注いだだけ、温泉卵に至っては割っただけである。

「どうせ仕事優先でまともなもの食べてなかったんだろ。俺がせっせと健康にしてたのに、こんなに頬をこけさせて。努力するって約束しただろ?」

「努力はしてたんだが、まあ色々あってな」

「まったく。お前はもうちょっと自分の身体を大事にしろ。いいか? 今は大丈夫だと思ってるかもしれないけど、いつまでも健康とは限らないんだからな? 自分をないがしろにしてたら、いつか自分に返って……おい、何笑ってるんだよ」

ふと気づくと、食べていた箸を止めてこちらをじっと見つめたまま、賢吾が嬉しそうに笑っていた。説教されて喜ぶなんて、どういうつもりだ。

「いや、佐知だなと思って」

「はあ?」

「佐知がぷりぷり怒ってんなって」

「怒らせてるのはお前なんだよ！」

「知ってる。お前が俺のために怒ってる」

何なんだよ、もう。すっかり怒る気が失せた。佐知は座卓に肘をつき、また食べ始めた賢吾の横顔を眺める。

「何だ、もう怒らないのか？」

「怒られて喜ぶようなやつに怒ったって反省しないだろ」

「つまんねえな」

「俺を娯楽にするな」

脇腹を突くと、かはっと笑う。呑気なやつだ。俺がどんなに寂しかったかも知らないで。

「昨日だったら、肉じゃががあったのに」

「あー、肉じゃがかー……食いたかったなあ」

「我ながらいい出来だった」

「佐知の肉じゃがは世界一だからなあ」

「褒め過ぎ」

くだらない会話をしているだけでも頬が緩む。こうして一緒にいるだけで、何も特別なことをしなくたって一気に気持ちが浮き上がるのだから、自分でも何てお手軽な性格なんだろうと呆れてしまった。

「お前の顔見るの、久しぶりだよな」

「もうすっかり俺のことを忘れたりしてねえだろうな？」

「少なくとも、俺が毎日見てた賢吾の顔じゃないな」

ご飯を頬張る賢吾の頬を軽く突く。痩せてくたびれた顔をしていたって、恰好いいのが憎たらしい。

「あともう少ししたら、全部解決するはずだ」

「何か面倒臭いことになってるのか？」

「うちの仕事に横から茶々入れてきたやつがいてな。デカい仕事だから、念には念を入れとく必要があるだけだ」

賢吾が詳しく話さない時は、佐知に聞いて欲しくない時だ。それが分かっているから、佐知はちゃんとお茶も飲めと指差して、そっけなく返す。

「そっか。とっとと解決しろよ？　史が寂しがってるんだから」

ずずっとお茶を啜った賢吾が、湯呑みを置いて佐知を見た。

「お前は？」

「え？」

「……お前は、最近どうなんだ？」

お前がそばにいないから、苛々したり寂しくなったりで忙しかったよ。身体が疼いて自分でしようとしたけど、一人で達けなくなっちゃったんだぞ。

あまりに恰好悪くて言えない言葉が、頭の中をぐるぐるする。

それに、話したいこともいっぱいあったのに、全然話せなくて――

「あ！　そうだ！」

大事なことを思い出した。

「おわっ！　急にデカい声出すなよ、夜中だぞ？」

「ああ、ごめんごめん。お前に話しとかなきゃいけないことが色々あったんだよ」

「よし、聞く。全部聞く」

すっかり食べ終えた皿を重ね、もう一度茶を啜ってから、賢吾は佐知のほうに身体を向けて「ほら」と両手を差し出した。

当たり前にその腕の中に飛び込んで、賢吾の温もりに包まれながら佐知は話し始める。

「ほら、広報部の仕事が当たったって言っただろ？　それで、同じクラスの高坂さんって人と役員をすることになって」

「高坂？」

「終君って子のお父さんなんだけど、温和な人だから怖がらせちゃ駄目だからな」

「お父さん？　男か。すぐに伊勢崎に調べさせて――」

「そういうのは要らないんだよ！　お前さあ、伊勢崎の仕事を今増やしたら、本当に殺されるぞ？　まったく……そうじゃなくて、いずれはお前が出ることになるだろ？　だから、どんな人か教えとこうと思っただけ！」

賢吾が佐知に係わる人間を誰彼構わず疑うのはいつものことだが、ただでさえ死にそうになっている伊勢崎の仕事をこれ以上増やしたら、どんな目に遭うか分かったものじゃない。

「お前も会えば分かるって。高坂さん、子供のことしか考えてないみたいな人だからさ」

「必要以上に愛嬌を振り撒いてねえだろうな」

「不機嫌そうにしとけって？　そんなことしたら浮くだろ」

腕の中でくるりと向きを変えて賢吾を背もたれにして、見上げた先にある賢吾の鼻をぎゅっと摘まんだ。

「痛えよ」

「それより、広報の仕事が本当に大変でさ」

「学校案内をしたりするのか？」

「違う違う、広報って言うのはさ——」

佐知が話せば、賢吾が相槌を打ってくれる。ただ聞くだけじゃなくて、時々はくだらない茶々を入れてきたり、笑い合ったり。そういう時間が戻ってきたことが嬉しくて、佐知はここぞとばかりに色々話した。

広報の仕事についてや最近の史の様子、今日のおかずについて。ひととおり話して満足した頃、ふと思い出す。

「そういえば、史の手紙への返事、早かったよな？」

「ああ……あれは、早く返さねえと怒られそうだったからな」

「怒られる？　早く返事をくれないと口をきかないからね！　とか書いてあったのか？」

「んー、まあ似たようなもんだな。思ったより時間がかかっちまったけど」

「……？」

「こっちの話だ」

賢吾がこちらを見下ろしてくる。ああ、賢吾に見られている。そう思うだけで胸がどきりと高鳴ったが、目の下にうっすらと浮かぶ隈を見てしまうと、さすがに今からしたいなんてことは言えなかった。

「風呂は？」

「今は風呂より寝てえ」

「だったら、このままそこで一緒に寝るか？」

「お、それはお誘いか？」

「ばーか。今日のお前は俺の抱き枕なの」

賢吾の腕から抜け出し、ソファーの背を倒してベッドにする。居間の収納に入れてある仮眠用の薄手の掛け布団を取り出すと、先にごろりとソファーに横になった賢吾が「ほら」と受け入れる体勢で手を伸ばした。

布団ごと賢吾の胸に飛び込み、ごそごそと賢吾と自分に布団を被せる。風呂に入っていない分、賢吾の匂いがより感じられて、佐知はその胸に顔を埋めて満足の息を吐いた。

「ああ、やべえな……即、寝られそう」

佐知を抱きしめる賢吾の声は、すでに眠気を纏っている。ずっと眠たかったのに、佐知のために今まで我慢していたのだろう。

佐知は顔を上げ、すん、と佐知の匂いを嗅いで眠りにつく賢吾の頬にくちづける。唇にキスしたら止まらなくなりそうだから、今日はこれで我慢だ。

「おやすみ、賢吾」

すでにすうすうと聞こえてくる寝息。賢吾はもうすっかり夢の中だ。

「ふぁ……」

賢吾の寝顔を見ていたら、自然と欠伸が出る。賢吾の腕の中に戻ると、大好きな温もりと匂いに包まれて。ほんわりと優しい眠気が佐知にも訪れた。

「愛してるよ、馬鹿」

今日はいい夢が見られそうだ。

翌日の朝、起きたらすでに隣に賢吾はいなかった。寝惚け眼を擦りながら起き上がると、キッチンで食器を洗う姿を見つける。

「悪ぃ、起こしちまったか？」

壁の時計を確認する。時刻はまだ朝の五時半だ。いつも賢吾が起きる時間よりもかなり早い。

「……ん、早起きだな」

「ああ、もう出なくちゃいけなくてな」

「え!?」

その言葉に飛び起きる。もう出るだって？　そんな言葉を聞いては、悠長に寝てなどいられない。

「出るなら、その前に朝ご飯を食べていけよ！」

「悪いがその時間はねえな」

だったら、食器なんて洗わなくていいから何か食べてくれればよかったのだ。そんな風に思っても、今更時間は取り戻せない。

「せめておにぎりを――」

慌てて立ち上がってキッチンに向かうと、すれ違い様に賢吾に捕まって、腕の中に閉じ込められる。

「それより、キスがしてえ」

「馬鹿、食べる方が大事だ」

「佐知」

「駄目だって……ん、ん……」

少しばかり強引に、唇を奪われた。抵抗するつもりだったのに、唇が触れてしまえば温もりが離れるのが惜しくなる。

「……ん……ぁ」

賢吾の舌に口内を撫でられると、じわりと身体の熱が上がってきて。上がってしまった息まで食らい尽くす勢いでキスが深くなる。賢吾を引き離すはずだった佐知の手がワイシャツを摑み、賢吾の手が佐知の尻を摑んで、それから——

「若、起きていますか？」

居間の戸をノックする音と共に、伊勢崎の声がした。慌てて賢吾を突き飛ばすと、ちっ、という賢吾の舌打ちが聞こえる。

「時間だろ、分かってる」

「いえ、その前に」

そう言った伊勢崎が、居間の戸を開けて入ってきた。佐知が乱れた衣服を整えている間にずかずかと賢吾の前までやってきて、手に持っていた紙袋を差し出す。

「まずは治療を」

「治療？」

佐知が首を傾げると、伊勢崎は紙袋からテーピングを取り出した。

「……いつから気づいてた」

「昨夜からです。昨夜は帰ってくる時間を優先して何も言いませんでしたが、今日は移動が多いのでちゃんとテーピングをしてください」

「待てよ。賢吾、怪我してたのか？」

そんなそぶりはまるでなかった。いつ、どこを？　どうして言ってくれなかったのか。

「別に、そんな大袈裟なもんじゃねえよ」

賢吾はぽんぽんと佐知の肩を叩いて安心させるように言ったが、伊勢崎が横から賢吾の腕をほとんど無理やりに引く。

「時間がないので駄々を捏ねないでください」

ソファーに賢吾を座らせ、伊勢崎は手慣れた仕草で靴下を脱がせた。すると確かに、足の甲の辺りから足首にかけて、赤黒く変色してしまっている。

「やっぱり。昨夜、どうしても帰ると言って急いでいた時に捻ったんでしょう。さっさと冷やしておけばよいものを、放っておくからひどくなるんですよ？」

お小言を言いながらも、手早く処置が行われていく。医師である佐知の目から見ても、見事としか言えない手腕だった。有無を言わせぬほどのスピードはそれだけ時間がないからなのだろうが、口を挟む暇もない。

「何で分かったんだ」

「何年若に仕えていると思っているんですか。歩き方が違うことぐらい、音だけでも分かりますよ」

ほら、できました。

ちゃんと靴下まで履かせて立ち上がった伊勢崎は、「もしかして、肩を貸して差し上げたほうがよろしいですか？」とからかうように言って手を差し伸べる。賢吾はその手を借りて立ち上がって、「一人で歩ける」と不貞腐れた顔をした。

「お前、せめて家を出てから言えよ」

「佐知さんの前で恰好つけようったってそうはいきませんよ。次から同じことをしないように、しっかり叱っておいてもらわないと」

「てめえ……」

ぼそぼそと二人の会話が聞こえてくる。いつもなら、それに加わって佐知も賢吾を叱りつけるところだが、今はどうしてもそうできない。

幼い頃から賢吾とずっと一緒にいて、賢吾のことは自分が一番分かっていると思っていたのに。

どうして気づけなかったのか。昨夜だって今だって、気づけるチャンスはあったはずなのに、賢吾の不調に微塵も気づけなかったことが悔しい。

そうしたら、治療だって佐知がしてやれた。昨夜のうちに治療ができたら今より少しはましになっていたかもしれないし、こんなに疎外感を覚えることだって——

「佐知？」

振り返った賢吾の眉が下がる。今のこの胸のもやもやを絶対に気づかれたくなくて、佐知は慌てて笑みを浮かべた。

「まったく……伊勢崎に世話を焼かせるなよ」

「こいつが勝手に焼いてるんだ」

「好きで焼いている訳ではないので、勘違いしないでください」

機械的に笑ってみせながらも、佐知はこのもやもやをどうにもできずに混乱する。

ようやく収まったと思ったのに、どうしてこうなるんだよ。

これまでの佐知なら、賢吾の異変にきっと気づいたはずだ。久しぶりに会えた嬉しさに舞い上がり、大事なことを見逃すなんて。

「佐知、何か——」

「若、そろそろ行かなくては」

腕時計を確認した伊勢崎が賢吾を促す。それはいつも通りの光景なのに。

「……ああ」

行ってくる、と言って佐知から離れようとした賢吾の腕を、咄嗟に捕まえた。喉がぎゅうっと絞まる感覚。何を言えばいいのか分からない。言葉が出てこない。ただ分かるのは悔しいという感情だけ。

「どうした？　やっぱり何か——」

「あ、いや……足、無理するなよ？　それから、ご飯はちゃんと食べること！」

すぐに手を離し、いつもの調子で賢吾を送り出す。賢吾は何か言いたげな顔をしたが、伊勢崎に「時間がありません」と言われると、「分かった」と少し不貞腐れた顔で居間から姿を消した。

それを見送って、佐知の顔から表情が消える。

「これは駄目だろ」

一人で嫉妬してるだけならまだしも、賢吾の異変にすら気づけなくなるなんて。

こんなの、賢吾の恋人失格だ。

「仕事はいいのか？」

『ちゃんとやってる。やってるのに終わらねえんだ』

「夏休みの宿題か。溜め込んだからそうなったんだろ？」

『いや、やればやるほど増えてる』

昼の診察時間が終わってすぐのタイミングでかかってきた、賢吾からの電話。声が聞けて嬉しいはずなのに、どうも気持ちが浮上しきれない。

『しかも、伊勢崎のやつが見張ってるから、抜け出すこともできねえ』

「日頃の行いのせいだろ。今逃げ出したら、本気で殺されるぞ？」

持っていたボールペンをゆらゆらと揺らしながら話を聞く。

『おい、そこは俺の味方をするところだろ』

「お前が怪我を隠したりするから、余計に見張られる羽目になるんだよ」

いつもの軽口を装いながらも、まだ胸のもやもやは続いていた。伊勢崎が気づけたことに自分が気づけなかったことを、いまだに引き摺っている。

『別に隠してねえよ。言う必要がなかっただけだ』

「あれだけ腫れてるのに、言う必要がない訳ないだろ。ちゃんと処置しないと、長引くんだからな」

身体を背もたれに凭せかけると、ぎしりとチェアが悲鳴を上げた。これもそろそろ買い替え時かもしれない。

余所事を考えながら話すのは、賢吾に気づかれないように平常心を保ちたいからだ。

いつもなら、むしゃくしゃしたり落ち込んだりした時は賢吾に吐き出せば済んだ。だけど今回ばかりはそういう訳にはいかない。こんな馬鹿馬鹿しいこと。

賢吾にだけは言えない。

『放っておいても治る』

「医者は必要ないって言いたいのか？　よし、その喧嘩買った」

『違うって、そういう意味じゃねえよ』

賢吾の焦った声に、少しだけ口元が緩んだ。ああ、賢吾に会いたい。会って、顔を見て、抱きしめてもらえたら、こんなもやもやはすぐに吹き飛ぶのに。

「そういえば、昼飯は食べたのか？」

『……いや、まだだ』

「ふーん。俺もまだだけど」

言ってしまってから気づいた。これは素直じゃない佐知が賢吾を誘う時の誘い文句で、賢吾にはその辺りを知り尽くされていることに。

「ち、違う、今のは――」

『あー、せっかくのお誘いに応えたいのは山々だが、これからまだ仕事があって行けそうにねえんだ。いや、ちょっとぐらいはもしかしたら――』

『若、殺しますよ？』

途端に伊勢崎の低い声が聞こえてきて、賢吾がぐっと言葉を詰まらせた。

やっぱりそばにいたか。賢吾が仕事で忙しい以上、伊勢崎が共にいるのは当然のことだ。それなのに、佐知の頬がひくりと引き攣る。

しかも。

『伊勢崎のやつ、かなり煮詰まってるから、殺されねえうちに切るわ』

『誰が煮詰まってると？　いい加減にしないと全部――』

プツッ。

「え？」

唐突に、通話が切れた。通話を切る時、好きだとか愛してるとか何だとか、とにかく何かしら佐知に言葉をかけるのが賢吾なのに、こんな一方的な切り方をされるなんて。

「何だよ」

付き合い始めてしばらく経つと、段々対応がおざなりになっていくって訳か。

そもそも、これまでだったらどんなに忙しくても、俺に呼ばれれば飛んできていたのに。そんなことを考える自分に嫌気が差す。

仕事が忙しい賢吾に、無理をして欲しい訳じゃないだろ？　忙しいのはずっとじゃない。もうじき忙しさも落ち着いて、そうしたらまた賢吾とゆっくり過ごせる。

「こういう時は美味しいものを食べよう。そうだ、そうしよう」

美味しい料理は幸せを与えてくれる。そうだ、せっかくだからこの間賢吾に連れていってもらって美味しかった中華を食べよう。

そうと決めたら少しだけ気分が浮上して、残っていた午前の診察分の後始末を終えると佐知は立ち上がった。

「佐知さん？　どこかへお出掛けですか？」

待合室に出ると、受付にいた舞桜に声をかけられる。

「今日の昼は中華を食べに行かないか？」

「ああ、すみません。キヌさんに頼まれたものがあって、昼休みのうちに探しにいかないといけないんです」

「何だそっか、じゃあ一人で行ってくる」

昼休みは互いに自由行動が基本だ。子供がいないうちにやらなければいけないこと、やりたいことをする時間を確保できるのは、ほとんどこの時しかない。特に気にすることもなく白衣を脱いで財布を手にし、佐知は一人で医院を出る。

「いい天気だなあ」

煙のようにうっすらとした雲が時々浮かぶだけの青空と、春の穏やかで過ごしやすい気候。涼しい風が頬に当たるのが気持ちいい。

うん、やっぱり外はいい。室内でうじうじ考えているよりも、外で陽を浴びたほうが気分も上がる。

少しずつ足取りも軽くなり、表情も明るくなった。……のだが。

「……え？」

賢吾おすすめの中華料理店に入った佐知は、奥に見える光景に足を止める。

そこには、二人仲良くランチを食べる賢吾と伊勢崎がいた。

「おい、さっさと食えよ」

「来たばかりですよ？　そもそも、何時間ぶりの食事だと思っているんですか。せっかくのフカヒレなんですから、ゆっくり味わわせてくださいよ」

「ったく、人の金だと思ったら容赦なくタカりやがって」

「おや？　若、俺にそんな口をきいていいんでしたっけ？」

「……ちっ」

「誰のお陰で、かろうじて干からびずに済んでいるとお思いで？」

「ああ、ああ、そうだな、ありがとうよ！　補佐がお前で良かったよ！」

「そうでしょうとも。ここまで尽くしてくれる補佐なんて、俺ぐらいしかいませんよ」

「自分で言うな」

「自分の手柄は声高に主張していかないと、忘れられたら困りますからね」

伊勢崎の口調からは、いつもの慇懃無礼さがすこしばかり和らいでいる。伊勢崎は公私の線をきちんと引く。二人にとって、今はプライベートに近いということだ。

どうして。

また胸がもやりとする。

俺の誘いは断ったくせに、伊勢崎と仲良くランチか。そんなことを考える自分にも苛々してしまう。

「そんなことより、若もちゃんと食べてください。いい加減にしないと、そろそろ言いつけますよ?」

「食ってるだろうが」

「さっきからちょこちょこちょこちょこと、箸で突いているだけでしょうが。その程度で誤魔化せると思わないでくださいよ」

「……俺はもう駄目かもしれねえ」

賢吾の言葉に、佐知の肩がひくりと揺れた。

「そうですね、とっくに駄目だと思います」

「お前、優しさってもんがねえのか?」

「若の泣き言なんていちいち聞いていたら、やっていられませんよ。一日に何度泣き言を言えば気が済むんですか」

「そんなには言ってねえだろ」

「今度、録音して聞かせてあげましょうか？」

それ以上聞いていられなくなって、佐知は案内に出てきた店員を断って、急いで中華料理店を飛び出した。

走って、走って、もうすっかり中華料理店が見えなくなってから、佐知はようやく足を止める。

心臓がばくばくと音を立てている。苦しい、限界だと訴えてくる。

きゅうっと痛むそこをワイシャツの上から押さえ、佐知はようやく理解した自分のこの胸のもやもやに「ははっ」と乾いた笑い声を上げた。

伊勢崎に嫉妬するなんてあり得ないと思っていた。だって賢吾が佐知を誰よりも愛しているなんて、疑う余地もないことだ。

だからこそ、自分のこの胸のもやもやが理解できなかった。

だけど今、分かってしまった。

『……俺はもう駄目かもしれねえ』

賢吾がそう言った時。

『若の泣き言なんていちいち聞いていたら、やっていられませんよ。一日に何度泣き言を言えば気が済むんですか』

伊勢崎がそう言った時。

佐知はようやく理解したのだ。

——自分は間違いなく伊勢崎に嫉妬していることを。

賢吾が伊勢崎に弱音を吐いているのを聞いた時、佐知は思った。

お前が弱音を吐く場所は俺じゃないのかよ。お前が全部を曝け出せる相手は、俺じゃないのか。

佐知は賢吾の特別である。これは間違いのないことだ。けれど伊勢崎は、佐知とは別の次元で賢吾の特別なのだ。

仕事のことだってそうだ。

帰ってこられないぐらいにごたごたとしているのに、賢吾はその理由を佐知には話してくれない。

それが巻き込まないようにという配慮なのは分かっている。だけど、佐知は賢吾と生きていく覚悟を決めて、賢吾もそれを受け入れたはずだ。それなのにどうして、と歯痒く思う気持ちはあった。

我が儘だ。分かっている。きっと賢吾が正しい。けれど賢吾がそうして佐知を大事にすればするほど、どうして、と思う気持ちが湧く。

伊勢崎のことは道連れにするくせに。

当然のことではあるが、伊勢崎は賢吾の仕事の全てを知っている。知っているだけではなく、時には共に危ない橋を渡ったりもしているだろう。……佐知の知らない賢吾を、伊勢崎は知っている。

佐知はそこには入っていけない。賢吾の全てを手に入れることはできない。

以前から分かっていたことだ。それに最初の頃よりはずっと、賢吾も色々と話してくれるようになった。それなのにどうして今、こんなにも引っかかるのか、自分でも分からない。

「はは……俺って、こんなにも執着が強いタイプだったんだな」

やめよう。考えるな。離れている時間が長いから、余計なことを考えるんだ。

今日だってきっと、伊勢崎が賢吾にご飯を食べさせるために連れ出したのだ。賢吾がちゃんと食べているのはいいことだ。感謝するべきところで、こんな風に腹を立ててるなんて間違っている。

帰ってきた時の、頬がこけた賢吾の姿を思い出す。そうだ。伊勢崎がちゃんと食べさせてくれていてよかった。そうじゃなかったら今頃、賢吾はもっと痩せこけていたかもしれない。

「ああもう！　何なんだよ！」

分かってはいても、胸のもやもやがおさまらない。

良い子でなんかいられるか！　冗談じゃない！

よくも俺を後回しにしたな！　好きだ愛してる俺にはお前だけだと言うくせに、伊勢崎を優先しやがって！

しかも俺を差し置いて伊勢崎に泣き言を言うなんて、どういうつもりなんだよ！

これが自分勝手な感情だとは分かっている。分かっているが、ここまで来ては自分自身を誤魔化すことなどできない。自分を捻じ曲げて気にしないふりなどしていたら、かえって心が壊れてしまいそうだ。

だからこそ、佐知は内心で思い切り悪態を吐いた。誰にも言えないこの最低な気持ちを、せめて心の中でだけと吐き出す。

お前は俺が好きなんだろうが！　だったら俺に全部見せろよ！　どうして俺が伊勢崎に劣等感を抱かなきゃいけないんだ！

八つ当たりしながら、大股で歩く。

そもそも何だよ！　ランチを食べるだけなら俺でもいいだろうが！　俺がどれだけお前に会いたいと思ってるんだ！　どれだけ我慢してるかも知らないで！　これじゃあ、俺ばっかりがお前を好きみたいじゃないか！

「馬鹿馬鹿しい！　あんなやつ、もう知らないからな！」

一人なのをいいことに感情に任せてずかずかと歩いていると、不意にニンニクのいい匂いがした。

途端にぎゅるぎゅるぎゅるっとお腹が鳴る音がして、そうだ、俺はお腹が空いていたんだと思い出す。

ろくなことを考えないのは、きっとお腹が空いているからだ。そうだ、そうに決まっている。とにかく何かを食べよう。

匂いに誘われて入ったのは、イタリアンの店だった。いつの間にかかなり歩いていたようで、来たことのない場所に辿り着いていた。

ちらりと見た看板に書かれているランチセットはいつも佐知が食べる金額より高めだったが、構うものかと奥に進むと、入ってすぐの右側の席に座っていた男に声を掛けられる。

「あれ、東雲さん？　まさかこんなところでお会いするなんて、すごい偶然ですね」

「高坂さん？」

そこにいたのは、スーツ姿の高坂だった。

「よろしければ、一緒にどうですか？」

高坂が、椅子に置いていた荷物を退けてくれる。こんな気分のままでは、高坂に嫌な思いをさせてしまうかもしれない。一瞬断ろうかと思ったが、店内はちょうど満席で、二人席に一人で座っていた高坂の提案にありがたく乗らせてもらうことにした。

「すみません」

正面の席に佐知が腰を下ろすと、高坂はパスタを食べていたフォークを置き、「いえいえ、嬉しい偶然ですね」と笑う。

「本当に、すごい偶然ですね。席がいっぱいだったので助かりました。高坂さん、この辺りにお勤めなんですか？」

「いえ、仕事で近くへ来たもので。東雲さんは？」

「俺も、ちょっと通りかかって」

闇雲に歩いたお陰でここに辿り着いたとは言えず、愛想笑いでお茶を濁した。

洒落た店内にかかるBGMはイタリアで聴いた覚えのある音楽で、先月はイタリアで楽しい時間を過ごしていたのに、と思うと、何となくしょぼんとした気持ちになる。

「何だか、元気がありませんね」

「そんなことはありませんよ？」

笑ってみせはしたもの、自分でも説得力がないのは分かった。

佐知は腹芸が得意ではない。伊勢崎だったらもっと上手く誤魔化せるだろうに、と考えて、当たり前に伊勢崎のことを思い出した自分にむっとした。こんな時にあいつのことを思い出すなよ、俺。

気を取り直そうと、店員が持ってきてくれたメニューに目を通し、おすすめランチを頼む。

店員が去っていく姿を見送ると少しの沈黙ができたが、高坂のほうから話を振ってくれた。

「東雲さん、こちらは初めてですか？」

「ええ」

「ここのパスタ、もちもちしていてすごく美味しいですよ。僕も初めて来たんですけど、当たりでした」

高坂はフォークにパスタを巻きつけて口に入れ、幸せそうに笑った。

「ペペロンチーノですか？」

「ええ。ニンニクの匂いは仕事によくないと分かっているんですけど、どうにも我慢できなくて」

ナスとアスパラにブロックベーコンが入ったペペロンチーノは、確かに見た目からして美味しそうで、佐知のお腹がまたぎゅるっと空腹を主張した。

「これは終の受け売りなんですけど、どんな時でも美味しいものを食べると幸せになるんだそうですよ？」

重大な機密を話すように、高坂が声を潜める。茶目っ気あるその仕草に佐知が笑うと、高坂は「やっぱり、東雲さんには笑顔が似合いますね」と頷いて、また一口パスタを食べた。

「おすすめランチをお持ちしました」

テーブルの上に、佐知の分のランチが並べられる。ジェノベーゼのパスタとガーリックトーストにサラダ、食後には紅茶とケーキもついている。いい匂いにつられて佐知のお腹がぐうっと音を立てると、高坂が「早く早く」と佐知を急かした。

「お腹が空いている時に食べる美味しいものは、格別に美味しいですからね」

「はは、確かにそうですね」

フォークにパスタを絡ませて口に運ぶ。

「美味しい……」

「ね？」

食べ始めてみると、その味に夢中になった。確かに、もちもちとした生パスタにソースがよく絡んでいて美味しい。近くにこんなに美味しい店があるなんて知らなかった。

今度賢吾とも……と考えたところで、さっき中華料理屋で見かけた光景が頭に浮かび、慌てて打ち消す。

美味しいものを前にして、余所事を考えるなんて失礼だ。今は食べることに集中しよう。大体、お腹が空いているからくだらないことを考えるのだ。とにかく満腹になって満たされれば、あんなのどうってことないって笑えるはず。

そうして何かと争うようにして食べ、食後のデザートに辿り着く。一足お先にデザートを食べていた高坂は、紅茶を飲んで一息吐いた佐知を見て、「いいなあ」と呟いた。

「何がですか？」

「いや、こうして誰かと一緒に食べるご飯は、やっぱりいいなあと思って」

ここまで無言で食べていたのに、そんなことを言われるとは思わなかった。

「終君と食べているでしょう？」

「それが、僕はあまり家事の手際がよくなくて、ですね……終のためにご飯は作るんですけど、その他の家事も片付けなくちゃいけなくて、ばたばたして一緒に食べる暇がないことがほとんどで……」

高坂の口ぶりから考えるに、高坂と終の二人暮らしが始まったのは最近なのかもしれない。

佐和が亡くなった後、父と二人暮らしを始めた頃も最初はばたばたしていたな、と昔を懐かしく思い出した。

佐知の父の安知はわりと何でもできる人だったし、佐知はすでに中学生だったが、それでも男二人で家事を分担するのはなかなか大変だった。小さな子供と二人きりなら尚更だろう。

「あれですよ、お金で解決できることはお金で解決するんです」

「え？」

これは賢吾の受け売りだが、佐知自身、日々実感していることだ。

一緒に暮らし始めた頃、佐知は新しい生活に慣れるのに苦労した。料理が得意だった訳じゃないし、洗濯や掃除だって、一人暮らしの必要最低限しかしてこなかったのだ。

それでも気負って何もかもやろうとする佐知に、賢吾は言った。

『金で解決できることは、じゃんじゃん金で解決しようぜ』

その言葉を聞いた時、佐知は腹を立てた。俺がこんなに頑張ってるのに何て失礼なことを言うんだ、と。

けれど本当のことを言えば、料理も掃除も洗濯も、賢吾に強制された訳ではない。賢吾はこれまで通りに組員にやらせればいいと言ったし、佐知がそれを拒否して自分でやり始めた時には、自ら代わりにやると言い出したこともあった。

それでも頑なに自分でやり続ける佐知に、賢吾が言った台詞がそれだったのだ。

『過ぎちまった時間は取り戻せねえんだ。だから、少しでも時間を金で買えるなら安いもんだろ?』

全自動洗濯機のお陰で、夜間でも洗濯ができるようになった。食器洗い機は毎日使っている訳ではないが、あれがあるから疲れた時には賢吾に食器洗いを丸投げできるようになったし、つい最近買ったばかりの最新の電子レンジのお陰で、賢吾でも簡単に調理できるレシピがいくつかできた。

「今は、そんなに高くなくても便利な家電が増えてますからね。ネットで調べれば時短テクなんかも載っていたりしますし、料理のレシピも簡単なのがたくさん載ってるので、少しでも楽していきましょう」

「なるほど」

そこからは、互いに実践している家事のコツなどについて話をする。料理や洗濯は苦手な高坂は、どうやら掃除は得意らしく、どの汚れにどの洗剤を使うべきか、と熱く語り出したりして、楽しい時間を過ごすことができた。

高坂は聞き上手で、とても話しやすい。そうして話しているうちに、少しだけこの胸のもやもやを聞いてもらいたくなった。

誰かに吐き出したいと思っても、舞桜や組員に話すことはできない。いつもならこういう時、賢吾が無理なら伊勢崎に相談することだってあったけれど、それだって今回ばかりは絶対にできなかった。

それに、賢吾と伊勢崎のことを知らない、何も関係がない高坂だからこそ、忌憚のない意見を聞ける気もして。

「あの……これは友人の話なんですけど」

そう前置きして、佐知は先ほど見たばかりの光景について話し始める。

「恋人が、自分の誘いを断って他の人と出掛けていたらしくて。あ、他の人、と言っても、絶対に浮気とかではないんですけどっ」

そこだけは絶対に誤解されたくなくて、思わず力が入った。たとえ話であっても、賢吾の佐知に対する気持ちを疑われたくはない。

「お友達か、仕事の人、ということですか？」

「そ、そんな感じです。……それで、その時に恋人が他の人に泣き言を言っているのを聞いてしまったらしくて」

「泣き言、ですか？」

「えーっと、俺はもう駄目だ、とか、そういう感じのことを。自分には言わなかったので驚いてしまったらしくて」

「それはとても疲れているんでしょうね。心配になりますね」

「そ、そうですよね、そうなんですよね、やっぱり疲れてますよね！」

当たり前の回答だと分かってはいるが、第三者に言われたことで妙にほっとした。そうだ。俺の考えすぎだ。疲れすぎてぽろっと出ただけで、他意はないんだ。

けれど高坂は少し考えて、「でも」と口にする。

「そういう自分の負の部分も見せられるということは、その人はよほど気を許せる相手なんでしょうね」

「……っ」

佐知がぐっと詰まると、高坂は驚いた顔で「いや、やっぱりそんなことはないかなっ、ははっ」と付け足したから、この話が友人ではなくて自分の話だと気づかれてしまったことを理解したが、今更何と誤魔化していいかも分からず沈黙が落ちた。

「も、もしかしたら、どうでもいい相手だから言える、ということもあるかもしれませんしね！　は、ははは」

「そうですね……はは、そう伝えておきます」

佐知があくまでも友人の話であるというスタンスを崩さずにいると、高坂はそれ以上その話題を引き摺ることなく、「そういえば、昨日終から聞いたんですけど――」と穏やかに話を変えてくれる。

その優しさに甘え、ケーキを食べ終える間、今度は子供達の話で盛り上がった。もちろんすんなりと切り替えることはできなかったが、高坂の失敗談などを聞いているうちに少しずつ気分が浮上する。

だが、楽しい時間は終わるのも早い。

「──あ、いけない！　もうこんな時間だ！」

腕時計を確認した高坂が、慌てて立ち上がる。

「この後、外せない仕事があるんです。騒がしくてすみませんが、先に出ますね！」

「いえ、こちらこそ。忙しいのに付き合わせてしまって」

「とんでもない。お陰で有意義な時間を過ごせました、またこういう偶然があったら嬉しいですね」

「ええ、本当に」

それでは、と慌ただしく去っていく高坂の背中を見送り、佐知はすっかり冷めてしまった紅茶を啜った。

高坂が言った言葉が、ぐさりと胸に突き刺さっている。

「よほど気を許せる相手、か」

賢吾にとって、伊勢崎が気を許せる相手であることは間違いない。

賢吾にとっての特別が自分だということは分かっているが、賢吾が全てを曝け出すことができるのは、果たしてどちらなのだろうか。そんなことを考えてしまって、「ああ、くそっ」と自分に悪態を吐いた。

せっかく美味しいものをたくさん食べたのに、まだ引き摺っている。

自分の嫉妬深さに呆れる。きっとこんな佐知のことを知ったら、さすがの賢吾だって嫌気が差すに違いない。よりにもよって、賢吾と伊勢崎の関係に本気で嫉妬するなんて。

「俺だって、こんな自分は嫌なんだよ」

弱り切った声で呟く。自分の中にこんなに醜い感情があったなんて信じられない。

「伊勢崎にバレたら、殺されそう」

賢吾の愛情を信じられるようになったと思ったら、今度は賢吾の全てを欲しがっている。相手が伊勢崎だって少しも譲れないなんて思っていると知られたら、伊勢崎に侮蔑の視線を向けられる気がした。

特に伊勢崎には、絶対にバレないようにしないと。

『佐知、あともう少しで片付くから、そしたらゆっくり温泉にでも行くか』

「はいはい、その台詞はもう何度も聞いたよ。そんなこと言っても、まだまだかかるんだろ？

「そもそもお前、仕事はどうしたんだよ、これからまた仕事だってさっき言ってたくせに」

ランチを終えて医院に戻ってすぐ、賢吾から電話がかかってきた。一日のうちに二回もかけてくるなんて、忙しくなってからは初めてのことだ。

最初は逃げる姿を賢吾に見られていたのかもしれないと身構えたが、そんな様子もなく、先ほどから賢吾はつらつらと話し続けている。

『今は移動中。……怒ってんのか？』

「怒る訳ないだろ。俺は一人を満喫してるの。余計な心配するな」

白衣に着替えて、診察室のチェアに腰掛けた。デスクに置いていた聴診器を首にかけ、午後の診察に向けての準備を始める。

『俺がいなくて寂しいとか？』

「お陰でゆっくり寝られてますけど？」

いつも通りにしようとすればするほど、無駄にツンツンしてしまう。これでは付き合う以前の二人の関係に戻ってしまったみたいだ。上手く取り繕えない自分がもどかしい。

『何だよ冷てえな。愛してる、とか言ってくれねえのか？』

「いちいち聞かなくても、分かってるだろ？」

『聞きてえんだけど』

「やだ」

『佐知』

「やーだよ」

今はどうしても、その言葉を言いたくなかった。何とかおどけてみせて、佐知は「診察時間だから切るぞ」と通話を切る。

「はあ……」

賢吾の声が聞こえなくなったことに、ほっとする日が来るなんて。

これが電話で良かった。さすがに顔を合わせていたら気づかれていたはずだ。いや、電話でだって、普段の賢吾なら気づいたかもしれない。気づけないほど、今は余裕がないのだと思うと、そんな賢吾に対して素直に愛してるの一言も言ってやれない自分に凹む。

何をやっているんだ、俺は。デスクに突っ伏すと、実は賢吾との通話中から診察室にいた舞桜が心配そうに声をかけてきた。

「佐知さん、大丈夫ですか？」

「全然大丈夫だって」

顔を上げて舞桜に笑いかけてみたものの、きっと引き攣って不細工な顔になっているだろう。心配をかけたくないのに、隠し切れない中途半端さが嫌になる。舞桜に心配をかけたら、賢吾に報告されてしまうかもしれないのに。

「何かあるなら、いくらでも話を聞きますよ？」

「いや、本当に何もないって」

伊勢崎に嫉妬してますなんて、舞桜に言えるはずがない。

自分でも馬鹿馬鹿しいと分かっているからこそ、余計に言えなかった。

伊勢崎は舞桜のことが好きで、賢吾に恋愛感情を抱いている訳ではない。補佐としての仕事を全うしているだけで、伊勢崎は何も悪くないし、むしろあれだけ優秀な男が賢吾を助けてくれていることに感謝するべきなのに。

そんな相手に対して嫉妬するなんて最低だ。分かっているのに、賢吾の全てが自分のものにならない、と子供みたいに駄々を捏ねているみっともなさ。

賢吾のことになると、佐知は狭量になる。賢吾の一番はいつだって自分でありたい。もちろん史には譲るが……いや、それだって史が今は子供だからで、今より大きくなったら、譲りたくなくなるかもしれないぐらいには賢吾を独り占めしたい。

「自分を持て余してるだけなんだ」

ぽつりと呟くと、舞桜は「性欲的な意味ですか？」と首を傾げたから、思わず馬鹿と言いそうになってしまった。

「舞桜っ、前から思ってたけど、お前ちょっと伊勢崎に洗脳されすぎてるぞ⁉　性的なことはあんまり人に言っちゃ駄目だって、前も言っただろ⁉」

伊勢崎には狡いところがあって、舞桜に性的なことは恥ずかしいことではないと教え込んでいるらしい。そのせいで舞桜は、普段は慎ましやかであるのに性的なことを話すのにあまり抵抗がなくて、時々佐知を慄かせる。

「でも、心を許している相手には話してもいいと晴海さんは言いましたよ？」

それは伊勢崎が想定している心を許している相手というのが自分だけだからなんだよ。

「……舞桜はさ、伊勢崎と会えない間におかしくなったりしないの？」

「身体が、ですか？」

「違うんだよ、そうじゃないんだよ、一旦、性欲からちょっと離れようか」

舞桜さん、前より大胆になったんじゃないですか？

性的なことに疎かった分、自分からあまりこういう話題に触れてくることはなかったはずなのに。そこは変わらないままの舞桜でいて欲しかった。

「では、どこがおかしくなるんですか？」

「えっと、その……心？　とか」

「心……？」

ぴんと来ていない顔をする舞桜に、どう説明しようか迷う。

「ええっと……自分が会えない間に、賢吾が他の人と一緒にいることにもやっとする感じというか、疎外感というか――」

「佐知さん、賢吾さんに限って浮気はあり得ませんよ」

「うん、それは分かってる。すごく分かってる。そこ疑ったらたぶん俺、賢吾に監禁されちゃうと思う」

俺の思いが分からねえなら、一生どこかに一緒に閉じこもるか？　なんて、賢吾なら笑顔で言いそうだ。

ぞっとする佐知をよそに、舞桜は「うーん」と首を傾げる。

「晴海さんが他の誰かと一緒にいることにもやっとする感じ……そうですねぇ……あ、たまにですけど、晴海さんと佐知さんが二人だけに分かる会話をしているのを見ると、分からなくてもやっとします。後で聞いても教えてもらえないことも多くて」

「え？　俺に嫉妬するの？」

「いえ、分かるようで分からなくて、正解を知りたくてももやもやするんですよね」

「それはあれだな、なぞなぞの答えが分からない感じのもやもやだよな。うん、舞桜、何でもない。舞桜はそのままの舞桜でいて」

こんな醜いもやもやを抱えるのは佐知だけで充分だ。

「違いましたか？　だったら——」

「おや？　舞桜ちゃん、いないのかい？」

午後の診察に来た患者のトメが、待合室のほうから舞桜を呼ぶ声がする。

「ああ、ほら、患者さんが来た。午後の診察の時間だ、頑張ろう」

「は、はい」

舞桜が診察室から出ていくのを待って、佐知は大きくため息を吐いた後でばちんと両手で頬を挟んで気合いを入れた。

佐知の気持ちがどうであれ、そんなものは患者には関係ない。診察時間は患者のことだけを考える。

「入ってもらって！」

落ち込むのも考えるのも、全ては診察が終わった後だ。


「はあ」

史が寝た後、縁側で月を見上げて一人、ため息を吐く。

からん、と音を立てるのは、トレーの上に置いたウィスキーの氷だ。賢吾が晩酌用に居間に置いていたそれは高級らしいが、価値が分からない佐知にはいくらぐらいなのか見当もつかない。

「賢吾にバレたら、一人で呑むなって怒られるだろうなあ」

賢吾は佐知が自分のいないところでアルコールを摂取することを嫌がる。自覚はないが、どうやら佐知はやばい酔い方をするらしい。

でもまあ、今は一人だし、酔って醜態を晒したところで、それを見る者は誰もいないのだからいいだろう。すっかりやけっぱちな気持ちで、グラスを取って氷を揺らした。

「文句があるなら、帰ってきてみろってんだ」

今日は駄目駄目だった。診察を終えて帰宅してからも、全然駄目で。

夕飯のお好み焼きは焦がして失敗したし、食欲がなくて結局残した。史の宿題の丸付けだって解答欄を間違えて全部不正解にしそうになってしまって、史にも申し訳なくて。

「ぜーんぶだめ」

ウイスキーを一口飲む。オレンジと蜂蜜の香りがふわりと鼻の奥に広がり、甘みのあるとろりとした液体が喉を滑っていく。イタリアで賢吾が買ったものだが、少しぐらい飲んだところでバレないだろう。

「美味しい」

ぺろりと唇を舐め、もう一口飲んだ。

今日はもう、とことん酔っぱらってやるつもりだった。何もかも分からなくなるぐらい酔っぱらって、余計なことを考えずに寝てしまいたい。

そういう日を何度か過ごせば、賢吾が帰ってくる。そうしたら、元通りだ。

何もかも全部抑えこんで、なかったことにすればいい。

あともう少しの我慢。そうしたら、日常が戻ってくる。

「早く帰ってこーい」

ウイスキーのグラスを、月に向かって掲げる。その時急に、グラスにかつんと他のグラスが当たった。

「ほら佐知、かんぱーい」

「え？　京香さん？」

振り返ると、佐知を見下ろす京香がいて。

「そう、あんたの大好きな京香さんですよー？」

よいしょ、と京香が隣に腰を下ろすのを、不思議な気持ちで眺める。

もう夜も遅い時間だ。すでに髪を下ろして浴衣に着替えている京香は、昼間よりずっと若く見えた。京香が着物姿で過ごしているのは、若いからといって舐められないように、というのがきっかけだったと聞いたことがある。

「どうして、ですか？」

どうしてここにいるのか、と問う口調は拗ねたものになった。幼い頃、佐和にからかわれた時のような。

「本宅の廊下を歩いていたら、あんたが一人寂しく月を眺めてるのが見えたからね。うちの可愛い佐知が月に帰っちまわないように、引き留めに来てやったんだよ」

「俺はかぐや姫じゃないです」

「おやおや、これは随分酔っているね。頬を膨らませる佐知なんて見るのは久しぶりだ」

京香はからからと笑って、持っていたグラスの液体をぐびりと飲んだ。

「それ、何ですか？」

「吾郎さんが大事に隠し持ってたワイン」

そう言って、京香は床に置いたワインを持ち上げてみせた。

「吾郎さんに怒られちゃいますよ？」

「佐知だって、賢吾のウイスキーをくすねてきたんじゃないのかい？」

「ちょっとぐらい飲んだって、気づきませんよ」

だって賢吾は帰ってこないのだ。佐知が何をしていたって、賢吾が気づくはずがない。

「そう。ちょっとぐらい飲んだって気づきゃしないよ」

唇を尖らせる佐知の言葉に同意して、京香はもう一度グラスをかつりと合わせて「鈍いパートナーに乾杯」と笑った。

「賢吾は死ぬほど忙しいらしいね」

こくりと頷いて、グラスのウイスキーをごくりと飲む。美味しかったはずなのに、賢吾の名前を出されたら味が分からなくなった。

「それで佐知は、寂しくて月に帰ろうとしてるのかい？」

「だから、俺はかぐや姫じゃありませんって」

「佐知が月に帰ったら、賢吾はきっと寂しくて死んじゃうだろうねえ」

「だから、俺は——」

「言っておやりよ」

「え？」

「寂しいから今すぐ帰ってこいって、言ってやればいいだろう？　そうしたらあの馬鹿息子は、すぐにだって飛んでくるさ」

「そんなの……駄目です」

「駄目なのかい？　そんなに寂しいのに？」

「だって、あともうちょっとだし」

「でも、寂しいんだろう？」

佐知の手の中のグラスが、からんと音を立てる。その音でウイスキーの存在を思い出して、またこくりと飲んだ。

「賢吾は俺のことが大好きなんです。あいつは、すごくて、いつだって俺の味方で、俺のためなら何でもしてくれちゃう。でも……俺は、ほんとに駄目で」

「駄目？」

「あいつみたいに、すごくなれない。どしっと構えてあいつが帰るまで待ってるはずだったのに、それすらまともにできなくて。おかしいな……待つぐらい、簡単だと思ったのに」

月を見上げる。母が死んだ時に賢吾と見上げた月に、プロポーズされた夜に賢吾越しに見上げた月。月を見ても思い出すのは賢吾のことばかりだ。

見ていられなくなって、体育座りで顔を伏せる。佐知は、寂しいだけでそんな風になったりはしないだろう?

「どうして待てなくなっちゃったんだい?」

そうだ。たぶん、寂しいだけならちゃんと待っていられた。今までの佐知なら、賢吾の不在を寂しく思いながらもここまで苦しくなったりはしなかった。

「京香さん」

「何だい?」

「俺、欲張りになっちゃったのかもしれない」

「欲張り?」

「賢吾の全部を手に入れたい。でも、賢吾は俺に全部をくれないんだ」

拗ねる口調で呟けば、きっと京香は笑うと思った。けれど京香は、下を向く佐知の顔を上体を傾けてじっと覗き込む。

「佐知は、賢吾の全部が欲しいのかい?」

こくりと頷く。

「そりゃあ無理な話だね」

「どうして！」

愛しているから、賢吾の全部が欲しいのだ。それの何がいけないのか。佐知がぱっと顔を上げると、こちらを見ていた京香の目が優しく撓む。

「愛しているからこそ、言えないことだってある。たとえば……そうだね、佐和があんたに自分が死ぬと言えなかったみたいに」

「……っ」

今、それを持ちだすのは狡いと思った。それを言われたら、佐知には何も言えない。

母が病で死期が近いことを死ぬまで佐知に隠したのは、確かに佐知のためだった。佐知を愛していたから、苦しませたくなかったのだと分かっている。

「京香さんは、嫌じゃないの？　吾郎さんは京香さんに隠し事ばかりするでしょう？」

酔っぱらっているからこそ、普段なら決して口にしないようなことを言ってしまっている自覚のないまま、佐知は京香に不躾な質問をぶつけた。

吾郎はこれまでも何度も浮気をしたし、史だって本当は吾郎の子供だ。京香はそれを知りながら、史のことを受け入れた。

強い女性だと思う。けれどさすがに、これまで一度として京香には聞けなかった。

「京香さんは、吾郎さんの全部を自分のものにしたくないんですか？」

「あの人の全部はあたしのもんだよ」

「でも、吾郎さんは——」

「見てごらん、佐知」

京香は持っていたグラスを月に向かって翳す。月明かりで赤黒く照らされたワインの中に、黒い澱が浮かんでいるのが微かに見えた。

「いいかい、このグラスの中のワインが吾郎さんだったとするだろう？　あたしはこのワインの味が好きだ。けど呑んだからって、このワインがどういう製法で作られて、どれぐらいの年数寝かされて、どういう経緯であたしのもとに来たか、なんて全然分からない。でも、あたしがこのワインを好きなことだけは分かってる」

「美味しいからいいってことですか？」

京香は「違うよ」と首を振る。

「誰かにとっては不味くたっていいんだ。あたしがこのワインを好きだってことが重要なんだ。このワインがどんな経緯でここに来たとしても、あたしはこのワインの味を好きになった。たとえ最悪な経緯を辿ってたとしても、あたしがこのワインの味を好きになった事実は変わらない」

「よく、分かりません」

頭がほわほわとして、上手く働かない。もっと分かりやすく言って、と唇を尖らせて抗議する。

「仕方ないねえ、酔っぱらいは。特別に教えてやるから、寝たら忘れるんだよ？」

　グラスのワインを一気に飲み干し、京香はふうと息を吐いてから言った。

「好きだからこそ、愛してるからこそ、相手を試さずにいられなかったり、素直になれなかったり、恰好つけたくなったり。人間ってのは色んなのがいる。人によって全然違うんだ。愛しているからこそ、言えないことだって、できないことだって、あるだろうさ」

「でも……」

「あたしはね、吾郎さんが完璧だから愛してるんじゃない。吾郎さんだから愛してるんだ。だから、あの人の欠けてるところも含めて、全部丸ごと愛してやるのさ。佐知だって、賢吾が完璧だなんて思っちゃいないだろう？」

　賢吾は佐知には勿体ないぐらいにできた恋人だと思う。けれど賢吾が完璧な人間かと言われれば、佐知は首を横に振るだろう。

　自分の懐に入れた人間以外にはいまだに冷たい部分があるし、元々器用で何でもできるから、できない人間の苦労がいまいち分かっていなかったりもする。でも、賢吾のそういう部分も含めて愛している。

「……賢吾は、確かに完璧じゃないけど……いつだって俺のためになるなら我慢ができる。でも俺は……賢吾が忙しいって分かってるのに、全部をくれないって拗ねて、不貞腐れて、いじけて……最低だ」

ぐすん、と鼻を鳴らす。どうして今になってこんなことになっちゃってるんだろう。今までは少しぐらい嫉妬したって大して引き摺ったりしなかったのに。

「なるほど。そりゃあまた、随分な惚気を聞かせてくれたもんだね」

「京香さん、何を聞いてたんですか？ 全然惚気なんかじゃないです。ちゃんと話を聞いてない」

ぷくっと頰を膨らませると、京香が片手で佐知の頰を挟んだ。

「にゃにひゅるんでしゅか」

「あんたが今にも死にそうな顔をしてるから、どんな大層な悩みを抱えてるのかと思ったが、心配して損した」

京香は佐知の頰を挟んだまま揺らし、「いいかい、よくお聞き」と凄む。

「あんたのそれは、もうとっくに賢吾が乗り越えてきたことだ。あんたは今になってようやく、賢吾に追いつこうとしてる」

「……追いつく？」

「それにね、あんたは甘えん坊のベイビーだ。だから賢吾に甘やかされないと、すぐに泣いて構って欲しがる。だけどね、これだけははっきり言える。あんたをそうしたのは賢吾だ。だから、あんたがそのことに後ろめたさを感じる必要なんて微塵もないんだ」

頭を振られたことで、一気に酔いが回った。京香の言っていることが半分以上摑めない。俺が甘えん坊のベイビー？　すぐに泣いて構って欲しがる？

「ひどいよ、京香さん」

「ひどくない。くだらないことをうじうじ考えても無駄だよ。さっさと寝な」

くらくらする頭で何とか京香の言葉を理解しようとするが、とうとう目を開けていられなくなる。

「京香さんの、いじ、わる……」

気分が悪い。こういう時は寝てしまうべきだ。こんなところで寝るなんて、という気持ちはあったが、動いて吐くよりいいだろうと自分を正当化する。

「まったく……可愛い佐知をほったらかして、賢吾と伊勢崎は何をしているんだい。……あ、もしもし、賢吾かい？　用もないのにこんな時間にかける馬鹿がいると思うのかい？　ああ、そうかい、だったらもういいよ。せっかく佐知のことを教えてやろうと思ったのに……うるさいっ、急に大きな声を出すんじゃないよっ」

遠くで、何だか京香が怒っている声が聞こえる。

「京香さ……頭に響く、から……やめ……」

「――さん、佐知さん、起きてください」

目を覚ますと、すぐそばに伊勢崎の顔があった。

「……あれ……？　何で、伊勢崎がここに……？」

「こんなところで寝ていたら風邪を引きます」

その言葉に、ここがどこか思い出した。そうだ俺、縁側で一人で呑んでたんだった。それから、京香さんが来て――

「京香、さん……？」

きょろきょろと見回したが、京香の姿はすでになかった。酔っぱらいに呆れて放っていかれたのだろうか。

「姐さんなら、俺と入れ替わりで本宅に戻りましたよ」

「伊勢崎、本宅にいたのか？」

「たまたま、ですが。俺がいてよかったです。そうでなかったら、今頃大事な会合を放り出してここに飛んできている人がいたはずですから」

「あ、あの……伊勢崎、もうちょっと小さな声で話してくれる？」

「馬鹿な飲み方をして、頭が痛くなったんでしょう？　これに懲りたら、無茶をするのはやめてください。そのたびに迷惑するのは誰だと思っているんですか」

伊勢崎の言葉がきついのはいつものことだ。だというのに、佐知はとても悲しくなってしまった。

そうだ。俺が無茶をするたびに、皆に迷惑をかけている。俺って何て役立たずで迷惑なやつなんだ。

酔っぱらっている自覚のないまま、どんどん思考が突っ走る。

「今回だってそうです。姐さんから連絡を受けた若が、どれだけ大騒ぎしたと思っているんですか。ここのところずっとこのために動いていたというのに、その大事な会合を放り出して佐知さんのところに行くと言い出して、大変だったんですよ？」

「……ごめん、なさい」

「若は佐知さんのために無理をしているんです。あなたが揺らいだら若まで不安定になります。あなたがしっかりしないでどうするんですか」

「はい、すみません」

「何でもそうやって謝れば済むと思って……佐知さん？」

「う、うぅ……全部俺が悪い、そうだよな、全部俺のせいだ」

俺がしっかりしてないから、賢吾にまで迷惑をかけているんだ。そう思ったら悲しくてたまらなくなる。

「ちょ、ちょっと待ってください。勘弁してくださいよ、って、待て待て待て！　泣くな！　佐知さん、泣くのは反則でしょう⁉」

「だって、俺のせいで……っ」

ぼたぼたと涙が溢れ出る。何て駄目なやつなんだ、俺は。待つことすら満足にできなくて、伊勢崎にだって迷惑をかけている。きっと史や舞桜だって呆れてるに違いない。こんな俺に、伊勢崎に嫉妬する権利なんてあるはずがない。そりゃあ賢吾だって伊勢崎のほうが安心できるにきまっている。俺なんて、俺なんて……。

「う、う……うわあああんっ」

「待ってくださいっ、急に子供みたいに泣かないでくださいよ！　落ち着きましょう！　一旦落ち着いて、深呼吸しましょう！　聞いてますか、佐知さん！　ああ、くそ！　よりによって泣き上戸だなんて聞いてないぞ！　あ、泣くなって言ってるでしょう!?　これじゃあ俺が悪者みたいじゃないですか！」

「う、悪いのは俺だ……っ、俺が、俺が……っ」

「こら、目を擦るんじゃない！　これだから酔っぱらいは！」

本当に、俺って最悪だ。ただでさえ忙しい伊勢崎に、酔っぱらって更に迷惑をかけるなんて。悲しみは増すばかりで、佐知はわんわんと泣く。

「ごめんなさいっ、ごめん、う、うわあああああん！」

「だから！　泣くなって言ってるでしょうが！……ああ、もう！　勘弁してくれ！」

夜の東雲邸に、伊勢崎の悲痛な声が響き渡った。

翌日の朝は二日酔いで最悪だった。

朝、目を覚ました時は布団で寝ていたが、自分がいつそこに辿り着いたかも覚えていない。

ただ、京香と話したことは覚えている。

『あたしはね、吾郎さんが完璧だから愛してるんじゃない。吾郎さんだから愛してるんだ。だから、あの人の欠けてるところも含めて、全部丸ごと愛してやるのさ。佐知だって、賢吾が完璧だなんて思っちゃいないだろう？』

京香は寝たら忘れろと言ったけれど、あの言葉は佐知の心に深く刻み込まれていた。

酔っていたあの時の自分は、京香の言葉を上手く受け取ることができなかったけれど、アルコールが抜けた頭で思い返せば、京香の愛の大きさがよく分かる。

「全部丸ごと愛してやる、か」

佐知だって、そんな風に思っていたはずだ。賢吾を愛する気持ちに、今だって翳りはない。

ただ、愛しすぎて悔しい。どうして自分に見せない部分があるのかと、苛立ってしまう。

京香のような余裕が佐知にはない。愛されていると分かっているのに、どうしてこんなに嫉妬してしまうんだろう。

ぽてぽてと洗面所に向かって顔を洗った佐知は、顔を上げて鏡を見て初めて、自分の顔の惨状に気づいた。道理で、廊下ですれ違った組員達がおかしな顔をしていた訳だ。

「嘘だろ……」

何となく目の辺りがもしょもしょするなとは思っていたが、まさかこんなに腫れているなんて思わなかった。

そういえば、枕元に氷枕が置いてあった。酔っぱらって頭痛がして、頭でも冷やしていたのかと思ったが、もしかしたら目を冷やしていたのかもしれない。

腫れが引くまで、どう考えても午前中いっぱいはかかるだろう。今更どうすることもできずに諦めて居間に向かえば、顔を合わせた史をぎょっとさせてしまった。

「さち、ないたの？　どうして？　ぱぱのせい？」

覚えてない、というのはあまりに情けなくて、「夜中に映画を観て感動しちゃって」と誤魔化したが、最近敏いところのある史がどれぐらい騙されてくれたかは分からない。

みっともなさにうちひしがれた佐知は、がんがんと割れるように痛む頭を抱えて医院に出勤した。

舞桜は佐知の腫れた瞼を見ても何も聞かなかった。代わりに、まるで佐知の二日酔いを知っていたかのように出してくれたインスタントの蜆汁が、その優しさと共に胃に染み渡る。

「あまり心配をかけないでくださいね」

苦笑混じりの舞桜の言葉に深く反省した。呑んだくれて二日酔いになるなんて、情けなさすぎる。しかもいい大人が記憶まで無くすなんて。

京香に聞けば昨夜の醜態を教えてくれるかもしれないが、聞くのも怖い。

しばらくアルコールは封印しよう。更に気分は落ち込み、佐知はため息ばかり吐いて午前を過ごした。

午後には広報部の集まりがあって何とかこなしたものの、終わってすぐに高坂に『途中まで一緒に帰りませんか？』と心配げに声をかけられる程度には、顔色は悪かったらしい。

そうして、『きょうはいっしょにかえるからね』とグラウンドで待っていた史達と合流して歩く帰り道でも、佐知は相変わらずぼうっとしていた。

最低限の会話はしていたつもりだが、会話の内容はちっとも頭に入ってこない。

「——だよね、さち」

「え？　ああ、そうだな」

史に話を振られて機械的に笑みを返すと、史がふうと息を吐いた。

「ねえさち」

「ん？」

「ぼくのはなし、きいてなかったでしょ？」

「え？　ああ、ごめん。ちょっと考え事を——」

「もう！　いいかげんにして！」

史に怒鳴られ、佐知はびくりと足を止める。史も足を止め、佐知のほうを振り返った。

こちらを見る史の顔が怒っている。ああ、最悪だ。せめて史にだけは寂しい思いをさせないようにと思っていたはずなのに、怒らせてしまうなんて。

「史、ごめん。ちゃんと聞くから——」

「そうじゃないでしょ!」

史は、だん! と足を踏み鳴らす。

「ぜんぜんさちらしくないよ! ぱぱがいなくてげんきないんでしょ! だったらあいにいきなよ!」

「……っ」

まさか、史にまで指摘されるほどあからさまに自分が弱っているとは思わなかった。子供に心配をかけるなんて、大人として情けない。

だが、全然そんなことないよ、と笑うにはすでに遅い。笑い損ねておそらく不細工な顔になっているだろう佐知を見て、史はくしゃりと顔を歪めた。

「へんなの! さちのそんなかおみたくない!」

「史、ごめんな」

「ちがうでしょ!? どうしてあやまるの!? さちがなんかわるいことした!?」

だんだんっ、とまた足を踏み鳴らした史は、佐知を指差して怒鳴る。

「さちはただ、ぱぱにあえなくてさみしいだけでしょ！　それのなにがわるいの⁉」

「いや、だって……パパは仕事で忙しいのに、待つこともできないなんて悪い子だろう？　史の話をちゃんと聞かなかったことだって」

それに、寂しいだけじゃない。忙しい賢吾を労るどころか、自分勝手に嫉妬する自分に凹んでいたなんて、史には絶対に言えない。

「まてないなら、あいにいけばいいでしょ⁉」

「……え？」

「さちがいったんだよ⁉　あいたくなったらあいにいけばいいって！」

史のその言葉にはっとする。

自分はこれまでずっと、待つことしか考えていなかった。いつだって賢吾に甘やかされて、対等だとかこれからは俺がお前を支えるだとか恰好いいことを言ったって、結局は賢吾がしてくれるのが当たり前で。

今回だって、賢吾のいない寂しさを感じて落ち込んではいても、自分から会いに行こうなんてまったく考えなかった。

でもそうじゃない。それじゃ駄目だ。いつまで賢吾任せでいるつもりなんだ。そうだ、会いたいなら会いに行けばいい。今会いたいのは俺で、だったら俺が会いにいくべきなんだ。

賢吾の邪魔にならないようにと思っていたが、邪魔にならずに会える方法はいくらでもある。

むしろ佐知のほうから会いに行くほうが、時間のロスにならない。

伊勢崎が弁当を作っていることに嫉妬するぐらいなら、自分から連絡して弁当を作って持っていけばよかった。愚痴りたくなるほどに疲れている賢吾に無理やりにでも食べさせて、少しでも寝かせて。賢吾に対してそれができるのは、佐知だけだったのに。

何て馬鹿なんだろう。どこまで賢吾任せのクソ野郎なんだ、俺は。賢吾とは対等だ、なんて自分で言っておいて、結局いつまでも賢吾におんぶに抱っこのままだ。

よくもそんな自分が、伊勢崎に嫉妬などできたものだ。

「あいたいならあいにいって、ききたいことがあるならきいてきたらいいでしょ！」

「史……」

史の成長にはいつも驚かされるが、今日ほど頼もしく思ったことはなかったかもしれない。

史は佐知よりもずっとしっかりしている。

賢吾に会って、謝りたい。これまでの態度と、その理由を説明したい。勝手に伊勢崎に嫉妬して、自分を持て余していたことを。

恰好悪いけれど、そういう自分も曝け出してちゃんと謝って、その上で賢吾に愛してると言いたい。

「いいからはやくいって！」

「ふみのことはおれにまかせろ！」

恰好いいことを言ってくれる碧斗の頭をぱふんと撫で、佐知は「ありがとう」と笑った。

けれど。

「それとこれとは話が別だ。賢吾には会いに行く。でも、史と碧斗をちゃんと家まで連れて帰ってからだ」

きりっとした顔をしていた史は、佐知の言葉を聞いてぽかんと口を開け、それから大声で叫んだ。

「えー！」

「ここはぜんぶほうりだしてかけつけるところじゃないのかよー！」

「そんなことしたら保護者失格でしょうが」

「もう！　せっかくもりあがってたのに！」

そんなに不満げな顔をされても困る。

「盛り上げてくれてありがとう。二人がおやつもいらないって言うなら考えるけど？」

「いや、それはべつじゃん、おやつはいるじゃん」

「そうだよさち、おやつはいるよ！」

「だろ？」

「ちぇ、なんだよ、せっかくいいことしたとおもったのになあ」

「おもったのになあ」

二人はつまらなそうに唇を尖らせて歩き出す。そんな二人の頭をぐしゃぐしゃと撫で回して佐知も歩き出すと、隣に並んだ高坂が「いいんですか？」と声をかけてくる。

「史君達のことだったら、僕が家まで送り届けますよ？」

「いえ、いいんです」

賢吾には会いたい。ここに一人だったら、今すぐに賢吾のもとに走り出していたかもしれない。だけど、優先順位というものがある。

賢吾を愛している。だからといって、全てを放り出していい訳ではないのだ。特に史のことは。

賢吾が仕事を放り出さないのと同じだ。佐知を愛しているからと言って全て放り出すような賢吾だったら、きっと佐知はここまで賢吾を愛さなかった。

矛盾していると分かっている。自分を優先してくれなかった賢吾に拗ねたり、会えないことに苛立ったりしていたくせに、と自分に呆れるが、それが本心だから仕方がない。

自分という人間は、とてつもなく我が儘だったのだ。いつだって待ってばかりで、そのくせ賢吾に多くを望んで。

だが、そんなことはもうやめる。どうせ我が儘に生きるなら、拗ねて苛立って悲しんだりすることなんかよりも、もっと有意義に我が儘に生きたい。

「お騒がせして、すみません」

これまでの会話で佐知と賢吾の関係について悟ってしまっただろうに、高坂は態度を変えることなく、いつもと同じように穏やかな表情で首を振った。

「いえいえ。賑やかなのは楽しいです」

何も聞いてこないその優しさに救われる。その表情にも嫌悪や侮蔑が浮かんでいないことにほっとした。

「ほらさち！　はやくあるいて！　いそいでいえにかえらなきゃ！」

「そうだぞ！　かえってはやくおやつつくらないと！」

「はいはい、今行く！　高坂さん、すみません！　俺達、先に帰りますね！」

高坂に頭を下げ、佐知は早歩きを始めた史と碧斗の後ろを慌てて追いかけた。

「こら！　俺を置いていってどうするんだよ！」

追いついて捕まえるときゃっきゃっと笑いだした二人と一緒に、まずは家を目指す。

「まてないなら、あいにいってもいいの？」

高坂の隣を歩いていた終が、高坂を見上げて呟いた。

「終は、僕と一緒に良い子で待てができるでしょう？」

後ろで行われていた二人の会話に気づかず、佐知は拳を握りしめて決意する。

「待ってろよ、賢吾」

この思い、全部ぶつけてやるからな。

「伊勢崎、頼みがあるんだけど」

史と碧斗を東雲邸まで連れ帰り、碧斗を迎えに来た舞桜に二人を頼んだ佐知が電話をかけると、伊勢崎は間髪を容れずにこう答えた。

『十七時からの二時間だけです』

「え？」

とにかく賢吾の近くまで行くために外に出ようとしていた佐知は、玄関で足を止めて腕時計を確認する。現在の時刻は十六時三十分。今から出れば、医院に寄ることもできそうだ。

慌てて靴を履き、玄関を出て歩き出す。

『若と会う時間が欲しいんですよね？　だから二時間が限度ですとお伝えしているんですが』

若なら今は事務所にいますよ、と伝えてくる声は優しかった。

忙しい時期に賢吾に会いたいなどと言えば、まずはいやみの一つや二つや三つ言われるだろうと覚悟していた佐知は、拍子抜けすると同時に面白くない気持ちにもなる。

「……何で、分かったんだよ」

耳に伊勢崎のため息が届く。

『むしろ、佐知さんから言い出してくれて助かりましたよ。若のほうも限界なので』

「え？　賢吾のほうもって？　もしかして過労で倒れたとか⁉」

『それだったら、まだ同情もできたんですがね……』

「……？」

『佐知さんは若のことを完璧超人だとでも思っている気配を時々感じますが、俺に言わせれば、あんなに恰好付けな人もそうはいません』

佐知に言葉を挟む隙を与えず、伊勢崎は話を続けた。

『先に謝っておきたいことがあります。普段なら出しゃばらないところまで、今回は出しゃばりました。あまりに仕事が詰まりすぎていて、佐知さんに配慮する余裕がありませんでした。本当に申し訳ありません』

「いや、伊勢崎に謝られることなんて……」

謝られている理由が分からない。門を出ると門番をしていた組員達が声をかけたそうにしたが、電話中だと気づいて諦めたらしい。黙って頭を下げる彼らに手を振って、佐知は時間を気にしながら足早に歩き続ける。

『ただ、分かって欲しいのは、若がそれだけ限界だったということです』

「賢吾が？」

『はい。佐知さんが思うより、若は……先輩は、全然駄目な人間なんですよ？』

先輩、という言葉は、伊勢崎が補佐という立場を離れて後輩に戻る時のみに使われる。後輩として佐知に話をしているのだと分かって、一体何を言われるのかと身構えた。

やはり、伊勢崎は賢吾のことを佐知より知っている。そのことにはどうしたって胸がちりちりするが、伊勢崎が何か大事なことを言おうとしているのは分かって、黙って続きを待つ。

だが伊勢崎から出たのは、意外な質問だった。

『東雲先輩が仕事で缶詰めになっている中、俺だけが時々東雲邸に戻っていたのは何故だか分かりますか？』

「賢吾の着替えを取りに来るためだろ？」

『それだけなら、別に俺でなくともいいと思いませんでしたか？』

言われてみれば確かにそうだ。伊勢崎は賢吾と同じぐらいに忙しい。着替えを取りに来るぐらいは、本来は組員にやらせてもいいはずだった。

「賢吾の、弁当を作るため、とか」

『ああ、見られていたんですか。それもまあついでみたいなものです。若の着替えもね。本来の目的は佐知さんの姿を動画に収めるためで――』

「待て待て！　動画？　動画って何⁉」

何を言われるのか予想もできていなかったが、それにしたって予想外すぎる答えだ。動画？

まったく撮られた覚えがない。

いや、待てよ？　帰宅した伊勢崎と話した時、やけにスマートフォンを見ていた時があった。

あの時はメールの確認でもしているのかと思っていたからよほど忙しいんだなと感じただけだったが、もしかしてあれはただ単に画面を確認していただけ……？

『東雲先輩が佐知さんに会いたいとグズるので、時々動画を撮って送っていました。本当は組員に任せたかったんですが、先輩が組員のスマートフォンにたとえ一時とはいえ佐知さんの可愛い姿が残るのは許せないと嫉妬してうるさいので仕方なく』

「いやいや！　仕方なくとかそういうんじゃなくて、一言許可取ってくれればよくないか？　お前、ずっと盗撮してたってことだよな？　何で無断で撮るの⁉」

わざわざ伊勢崎が来て盗撮なんかしなくても、言ってくれればいくらでも動画を撮って送ったのに。

『佐知さんの自然な姿が見たいと言い張る、面倒臭い人がいたので』

「賢吾か……っ」

『ついでに密告しておきますと、東雲先輩、佐知さんが作ったご飯以外は味がしないと言ってほとんど食べてくれません』

「食べる暇がなくて痩せてたんじゃなくて？」

『だったら佐知さんに弁当を頼みましょうと言ったのに、あの恰好付けがっ……失礼しました、東雲先輩がどうしても佐知さんに手間をかけさせたくないというので、仕方なしに俺が佐知さんの手料理を真似て作ったりしていましたが、それでもほとんど食が進まず』

伊勢崎が本宅で作っていた弁当は、そういう理由だったのか。道理で佐知に声をかけてこない訳だ。

「何なの？　あいつ、馬鹿なの？　弁当ぐらいいくらでも作ったのに」

『ええ、馬鹿なんです。自分が料理ができない分、すごく手間がかかると思っているようで、ただでさえ帰れずに史のことを任せきりなのに、自分のことで手間をかけさせられない、と言い張って、俺の話は全然聞いてくれませんでした』

ここぞとばかりに暴露するのは、伊勢崎も鬱憤が溜まっていたからだろう。

『あげくに、ちょっと佐知さんに冷たくされたら馬鹿みたいに落ち込んで。もう終わりだ、佐知に嫌われたと騒いで、本当に面倒臭いったらなかったので、早く何とかしてくれると助かります』

佐知は自分だけが大変だと思っていたけれど、あっちはあっちで大変だったらしい。

「えっと……何か、ごめんな？」

色々なことに対する謝罪の気持ちを込めて謝ると、伊勢崎は『いえ』と珍しく皮肉なしで言った。

『俺のほうこそ、こうなると分かっていながら時間を作れずに申し訳ありません』

「そんなの、お前が悪い訳じゃないだろ」

『先輩が恰好をつけたい気持ちも分からない訳ではなかったので、ついそちらを優先してしまったことをとても後悔しています』

「いや、あの……何かお前にそんなに謝られると、俺のほうが申し訳なくなるんだけど」

実は俺、お前に死ぬほど嫉妬してたんだけど、などとは、とても言えない空気だ。

『俺はひとつ気づいたことがあります』

「な、何だよ」

かしこまった声を出され、思わず足を止める。

もしかして、俺が嫉妬していたことに気づかれた？

ここのところ、様子がずっとおかしかった自覚はある。敏い伊勢崎だったら、気づいてもおかしくない。呆れられるか怒られるかと身構えた佐知だったが、届いた言葉はどちらでもなかった。

『佐知さんを泣かせるのは先輩だけで充分です』

「へ？」

『分かったら、さっさと先輩に会いに行ってください』

それでは、と佐知の返答を待ちもせずに通話は切れた。首を傾げてスマートフォンを眺めても、さっぱり意味が分からない。

だがとにかく、この後向かう場所は決まっていたから、佐知はスマートフォンを仕舞って今度は走り出した。

「頼もう！」

伊勢崎によってすでに人払いされている賢吾のいる事務所に、佐知は勢い込んで足を踏み入れる。

殺風景な部屋には、最低限の家具しかなかった。仕事をするためのデスクに、ファイルが収められた棚、服をかけるためのラック。

腐っても極道であるため、事務所とは言っても大々的に看板を掲げている訳ではない。賢吾が稼ぎ出しているであろう金額から見れば、かなり質素に思われるだろう。

「佐知？　お前がここに来るなんて珍しいな。何か厄介事か？」

デスクに腰掛けて書類を捲っていた賢吾は、入ってきた佐知に気づくと驚いた顔ですぐに腰を上げた。突然やってきた佐知を邪険にするどころか、すぐに手を伸ばして身体を引き寄せてくる。

ワイシャツにネクタイを緩めた姿には、噎せ返るような男の色気があった。しばらくまともに会えてなかったから、余計にそう思うのかもしれないが。

「お前にとっては厄介事かも」

「何があった」

今すぐにキスできそうな距離で囁いたのに、途端に険しい表情になる野暮な賢吾に、ああ、好きだ、と思って。思った次の瞬間には、賢吾の腕を掴んでいた。

「おい、佐知？」

訝しむ賢吾を無視して、肩をどんと押し、デスクにその身体を押し倒す。ばさばさっとデスクの上の書類が落ちたが、賢吾はそれを気にすることなく、されるがままできょとんとした顔をした。

賢吾は佐知に対して無防備過ぎる。もし佐知が暗殺者だったら、賢吾はほとんど抵抗なく殺されているだろう。

「馬鹿だな、お前」

「おい、来ていきなりそれはねえだろ」

訝しげにはするものの、佐知がネクタイを引っ張ってもされるがままだ。

佐知が自分を傷つけるようなことはしないという信頼か、それとも傷つけられても構わないという愛情か。……いや、きっとその両方だろう。

賢吾の愛は、いつだって痛いぐらいに感じている。こんなに愛されているのに……いや、きっと愛されていると分かっているから、再現なく我が儘になっていく。

「もう限界だ」

「佐知？」

こちらを見上げる賢吾の頬に手を添える。久しぶりに触れた頬はやっぱりまだ少しこけていて、そのことにも何だかすごく腹が立った。

俺がただ待つだけの生活をしていたから、賢吾がこんなことになっている。だからこれは佐知のせいだ。それは傲慢な考えかもしれない。けれど賢吾がこうしてやつれることすら自分のせいだと知れば、仄暗い歓喜も湧いた。

賢吾を好きだと認めてから、自分の中に隠れていた醜い感情を引き摺りだされているような気持ちになることがある。

誰かを愛するということは、綺麗な感情ばかりではない。愛おしさや幸せと引き換えに、嫉妬や執着といった感情もこれまでより強く感じるようになった。

そういう何もかもを佐知に教えたのは賢吾だ。佐知をこんなにしたのは賢吾なのだから、責任を取ってもらわなければ困る、と開き直る気持ちが湧いてきて、賢吾を前にすると途端に強気になる自分に笑ってしまう。

「なあ賢吾、俺はすごく頑張ってたんだ」

「は？」

「忙しいお前を煩わせちゃいけないと思って、なるべくお前に手間を取らせないようにっていっぱい頑張ったんだよ！」

賢吾の困惑を無視して捲し立てる。これまで溜め込んだ色んな感情が、賢吾を目の前にして一気に噴き出した。

　そうして叩きつけたそれを受け止めた賢吾は、どこかが痛いように顔を顰める。佐知の頬をそっと撫で、「ごめんな」と謝罪の言葉を吐いた。

「……お前にばかり無理をさせて悪かった。これからは俺が――」

「別にそれはいいんだけど！」

「いいのかよ！」

「俺が言いたいのはそこじゃなくて！　お前が忙しいのは分かってるから、煩わせちゃ駄目だって思って、いっぱい頑張って、いっぱい我慢したんだよ！」

「だから、お前を我慢させるぐらいなら俺がもっと史のことを――」

「だから違うって！　我慢したのはそういうのじゃなくて！　もう！　分かれよ！」

「は？　別れよう？　ふざけんなよ、そんな俺が受け入れると思って――」

　この期に及んでとんでもない聞き間違いをする賢吾に、佐知のどこかでぷつりと何かがキレた。

「違う！　ああもう!!　だから俺は！　お前が足りないのをずっと我慢してたって言ってんの!!」

「……俺が、足りない？」

　きょとんとした顔をする賢吾の頭をぶん殴ってやりたい。何だその、思いつきもしませんでした、みたいな顔は。

　この野郎。いつもは言わなくても察しがいいくせに、こんな時ばかりポンコツになるのは何故なんだ。

「そう！　ずっと健気に待ってたけど、それじゃ駄目だってやっと分かったんだ」

「健気？」

「俺と健気って言葉が合わないとか言ったらぶん殴るからな」

「いや、いつも電話でツンツンしてたから、まさか健気に待ってるとは……いや、悪かった。黙るから拳を握りしめるのはやめろ」

　いっそ本当に殴ってやろうか。

「いいから黙って聞けよ！……昔からいつだって、会いたいと思う暇もないぐらいに勝手にお前が俺のそばにいて」

「勝手って何だよ」

　茶々を入れてくる賢吾を睨みつけると、賢吾は口の前で指をバツにして、話しませんとアピールしてくる。

「だから俺はどんどん図に乗って我が儘になってた。俺はずっとお前を待っていればいいんだって。でもそうじゃない、何様なんだって話なんだよ。忙しいお前をただ待っていればいいなんて、俺は本当に馬鹿だった」

賢吾を待つことが前提になっていた。けれど、一方通行である必要などない。賢吾が動けないなら、佐知が会いに来ればいいのだ。

「会いたいのに、待ってるのが俺の仕事だーって馬鹿みたいに思い込んで、そうしたらそのうち、何だか苛々するようになって。最初はお前が帰ってこないことに不貞腐れて落ち込んでるんだって思って、そんな自分が嫌になって。どんどん、待つことがしんどくなって」

賢吾の手が、労るように佐知の頰を撫でる。その手に頰を擦り寄せて、愛しい男の温もりを確認する。ああ、賢吾だ。ずっと佐知が欲しかった温もり。

「でも違った。寂しいだけじゃなかった。俺はいつの間にか伊勢崎に嫉妬してたんだ。馬鹿みたいだって分かってるのに――」

「おいちょっと待て、伊勢崎？　伊勢崎に嫉妬？　おいふざけんなよ、天地がひっくり返ってもあいつとどうこうなるなんて――」

「分かってるよ！　お前と伊勢崎がどうこうなるなんて、思う訳ないだろ！　お前が俺のことだけ見てるのなんか、嫌というほど分かってる！」

「あ、はい」

黙ってろと睨みつけると、賢吾がお手上げポーズで頷いた。

「そうじゃなくて！　お前にとって俺が特別だって分かってるけど、俺には見せない部分を伊勢崎には見せてるのが悔しくて……お前が家に帰ってこなくなって、俺より伊勢崎のほうがお前といる時間が長くなって。お前の怪我だって、伊勢崎は気づいてたのに俺はちっとも気づけなくて」

「それは、俺がお前にだけはバレねえようにって隠したからだろ？」

肩を摩って宥めるように言われた言葉に、佐知はまた賢吾をぎりっと睨みつける。

「それだよ！」

「は？」

「伊勢崎が気づいたのは、お前に油断があったからだろ。心のどこかで伊勢崎にはバレても構わないって思ってたんだ。でも俺だけには絶対にバレないようにって……違うだろ、そうじゃないだろ、どんな時でも俺にだけは言ってくれなきゃ駄目だろ！　辛いって、しんどいって、俺には隠すなよ！」

おかしい。謝るはずだったのに、気がつけば賢吾を責めてしまっている。それでも、これまで一人で悶々と考え続けたあれこれを、吐き出すことをやめられない。

「お前と伊勢崎がそんなんじゃないって知ってるけど、俺より伊勢崎のほうがお前のことを分かってるっていうことに死ぬほど嫉妬してんだよこっちは！　ただでさえ仕事のことは伊勢崎のほうが知ってて俺は蚊帳の外なのに、その上愚痴まで伊勢崎に吐かれてたら、俺の立場はどうなるんだよ！」

「いや、愚痴って何の話だ？」

「……中華料理店で、お前が伊勢崎に情けない声で愚痴を吐いてたの聞いた」

わざとではなかったものの盗み聞きをしたようなものなので、それまでの勢いが萎む。

「あれを聞いて、嫉妬したのか」

「そうだよ！」

もう破れかぶれでそう叫ぶと、突然賢吾が声を上げて笑い出した。

「あはははは！　あれで？　あれで嫉妬したのか？　お前が？　はははははっ！」

「何がおかしいんだよ！」

笑われると、途端に恥ずかしくなってくる。確かに子供の癇癪と同じだ。こんなのは八つ当たりだ。でもだからって笑わなくてもいいじゃないか。

賢吾の胸を手のひらで叩く。賢吾はようやく笑い声を止めたが、顔にはまだ笑みが浮かんでいた。

「嬉しい」

「はあ⁉　俺に甘いのも大概にしろよ⁉　お前は今、八つ当たりされてるんだぞ！　いっそ怒れよ！」

ちゃんと全部話して、謝って、それから愛してると伝えようなんて思っていたはずなのに、賢吾の胸倉を摑んで揺さぶって、いっそ怒れと怒鳴っているのはどうしてなんだろう。

でも、あれほど胸を焦がした嫉妬を笑われると、冷静ではいられない。

そんな佐知を嬉しそうに見上げ、賢吾は言ったのだ。

「なあ、俺だって高校の頃、お前と伊勢崎の関係に嫉妬してた」

「……は？」

「伊勢崎がお前のことをそんな目で見てねえってのは知ってたし、お前が伊勢崎のことをただの後輩として可愛がってるのも分かってた。それでもすげえ悔しかった。お前が俺には見せねえ顔を伊勢崎にするのが」

「お前に見せない、顔？」

どんな顔か、まったく想像もつかない。賢吾には喜怒哀楽の全部を見せてきたと思う。今更賢吾が知らない顔なんてあるはずが――

「伊勢崎にだけは、ちょっと先輩面してただろ？　分からないことは何でも聞いてくれたらいいよ、なんて言ってるのを聞いた時は、伊勢崎を八つ裂きにしてやろうかと思った」

「そんなの、先輩なんだから当たり前だろ！」

「伊勢崎だけじゃねえよ、月島だって、田代だって、他のお前のダチだって、できれば皆お前から遠ざけて、全部を俺に寄越せって思ってた」

学生時代の友人達の名前まで出されて、佐知は目をぱちくりとさせた。

だが考えてみたら、以前の賢吾は佐知が誰かと会ったり話したりするたびにうるさかった。

伊勢崎や舞桜と飲みに行っても何も言わなくなったのはここ最近のことだし、今でも雨宮医院の患者にまで嫉妬したりすることもある。

「あれ……？　もしかして、お前も一緒だった？」

賢吾が嫉妬するのは最早日常みたいな気持ちでいたので深く考えていなかったが、もしかして賢吾も今の佐知と同じぐらいに本気で嫉妬で苦しんでいた？

「むしろ、ようやくお前が俺に追いついてきてる感じか？」

「何だそれ」

何だよ、それ。

「好きだから、全部が欲しくなったんだろ？　丸ごと全部欲しくて、ほんの少しだって誰にも渡したくねえんだ」

「……お前も？」

「そう、だった、かな？」

「だった？　今はもういらないのか？」

それは、お前の愛情がその時より薄くなっちゃったってことか？　俺は今、こんなにもお前が好きで誰にも渡したくなくてたまんないのに、お前はもうそれほどではなくなっちゃったのか？

表情を曇らせると、「ばーか」と賢吾が指で佐知の額を突いた。

「違えよ。今だってお前の全部が欲しいのに変わりはねえが、少しぐらいは待てるようになった」

「待てる？」

「誰にどんな顔を見せてたって、お前は最終的には俺のところに戻ってくる。それで、俺にしか見せないような顔で笑うから、そのために待てる」

それに、と賢吾は苦笑する。

「散々のたうち回っても、結局お前の全部が好きだから、もう俺の負けなんだ」

「賢吾……」

お前、俺の知らないところで、あんな風に嫉妬してたのか。

ここのところ、自分の中で荒れ狂っていた感情を思い出して、胸元を摑む。

それはどれぐらいの期間だったのだろう。そう思えば、賢吾に申し訳ない気持ちになってくる。

「ごめんな。俺、全然気づかなくて」

「いい。今、お前も同じように苦しんでるみたいだしな」

「う……」

賢吾の指が佐知の鼻先にちょんと触れる。

「お前が俺の周りに嫉妬するぐらい、俺のことを好きになったことが嬉しい」

「前から好きだよ」

「それは知ってる。けど、その好きが、お前の手に負えねえぐらいに膨れ上がってくのが嬉しいんだ」

馬鹿じゃないのか、とは言えなかった。馬鹿なのは佐知のほうだ。いつだって、賢吾がこんなにも佐知を好きだってことを思い知らされる。

佐知だって賢吾に思い知らせたいのに。好きで好きでたまらないって、分からせたいのに。

「お前は、俺に甘すぎる」

「それが俺の愛し方だから、諦めろ」

幸せそうに笑われると、何だかもっと喜ばせたくなってくる。この愛をもっと賢吾に伝えたい。今幸せそうに笑う賢吾を食べちゃいたいぐらい、愛してるんだってことを。

「なあ」

「ん？」

「これからは俺からも会いに来るから」

「は？」

「会いたくて死にそうだった。これからはもう我慢しない」

賢吾の目が驚きで見開かれる。

佐知と賢吾の関係は、いつだって賢吾が会いに来ることで成り立っていた。佐知が自分から賢吾に会いに行ったことなんて、数えるほどしかないはずだ。しかもそういう時は大抵、怒っている時や問題があった時で、純粋に賢吾に会いたいというだけで賢吾に会いに行ったことなんて、それこそ子供の頃だけかもしれない。

でももう、そういうのはやめる。会いたい時に会えるように頑張るし、言いたいことだって我慢しない。

「なあ賢吾、お前もさ、帰れなくて悪いとか行けなくて寂しくないかとかじゃなくて、会いに来いって言えよ」

「言ってなかったか？」

「言ってない」

何でもない時は軽く言うくせに、肝心な時に賢吾はして欲しいことを言わない。いや、違う。今回は全面的に佐知が悪い。忙しい賢吾に、どうして言わなかった、なんて言うほうが間違っている。

「俺が賢吾ぐらい察しのいい男だったらよかったんだけど」

「それはもうお前じゃねえだろ」

「悪かったな、察しが悪い男で。ついでに言えば、今回の俺は最悪な男だった」

伊勢崎にまで嫉妬して、賢吾には八つ当たり。これが賢吾じゃなかったら、とっくに愛想をつかされたっておかしくないぐらいにひどかった。

賢吾はふっと笑って、ふくれっ面をする佐知の頰を撫でる。

「拗ねんなよ。ただ、お前は人の裏を見るような男じゃねえだろって話だって」

「察しがいいのと人の裏を見るのは違うだろ」

「そうか？」

「そうだよ。それに、俺だって人の裏ぐらいちゃんと見ようとしてる」

人のことを警戒心ゼロの呑気な人間みたいに言うのはやめて欲しい。警戒心なら人一倍ある……と思っている。言ったら鼻で笑われそうな気がしたからやめたけど。

「とにかく！　もう本当に俺は駄目駄目だった。全然駄目。自分勝手で、我が儘で、独善的で、悲劇の主人公気取りで」

　でもさ、と佐知は賢吾を指差す。

「駄目駄目だったのは俺だけじゃなかったんだろ？　お前も、相当駄目駄目だったって聞いたけど？」

「……伊勢崎か」

　賢吾が苦々しい顔をするから、佐知は両手で頬を挟む。

「にゃにひゅるんだ」

「伊勢崎は悪くないだろ？　どっちかっていうと、巻き込まれて可哀想なのは伊勢崎のほうなんだから」

　佐知と賢吾が駄目駄目なせいで、伊勢崎には今回も気苦労をかけた。

「俺達は両方駄目駄目なんだ。……一緒にいないとな」

「一緒にいないと、か」

「そう。お前がそばにいてくれないと、俺もう全然駄目。だからなるべく一緒にいようぜ、賢吾」

「俺だけじゃなくて、お前も駄目駄目か」

「言っとくけど、聞いたらお前が引くぐらい駄目駄目だったからな、俺」

「俺がお前に引くなんてあり得ねえだろ」

「当然だよ、引いたら許さないからな」

あれだけ怖かったのに、賢吾の顔を見ている今なら何も怖くない。単純すぎるが、そんな自分も悪くないと思った。馬鹿になるぐらい、賢吾のことが好きなのだ。

「とにかく！　これからは会いたい時には会いに来るし、お前も来て欲しい時は来て欲しいって言うように！　分かったか？」

「分かった。だったら毎日会いに来てくれ」

「馬鹿、極端すぎるんだよ」

「俺は毎日会いてえ」

「早く仕事を終わらせろ」

「言えって言った」

「言ったからって絶対来るとは言ってない」

「詐欺だ」

二人でいれば、すぐにいつもの空気になる。あんなに萎れていたのが嘘みたいに。

「そういえば、伊勢崎から聞いたぞ。お前が余計な恰好つけて痩せ我慢してたって」

「……何をどこまで聞いたんだ」

「さあ？　どこまでかなあ？」

伊勢崎が教えてくれたこと以外にも、実はまだあるのかもしれない。だから敢えて全てを明かすことはせず、佐知はこれだけはと思うことだけ釘を刺す。

「とりあえず、俺の作るものしか食べられないなら、素直に食べたいから作ってくれって言えよ」

「……別に、お前が作ったのしか食べられねえ訳じゃねえ。お前の気配がしねえと、味がしねえだけだ」

佐知が作った料理か、それとも佐知がそばにいるか。そうでなければ味がしないと賢吾は言った。

「それは可愛すぎるだろ。尚更言えよ」

「……今だけだから、我慢できると思ったんだ」

「それで痩せ細ってたら意味ないだろ」

「…………」

「それに、弁当箱に作り置きを詰めるぐらい、大した手間じゃない」

「……だってお前、保育園で史の弁当がいる時は、朝早くに起きて難しい顔で唸りながら作ってただろ？」

「あれはキャラ弁にしようとするから時間がかかってたんだよ！　お前の弁当なんか詰めるだけに決まってるだろ」

　弁当を作るにはそれなりの手間もあるが、そこは敢えて伏せて何でもないような顔をする。賢吾が痩せこけるよりずっといい。佐知のご飯しか食べられないなんて、そんな可愛い男のためにどうして弁当を作らずにいられようか。

「伊勢崎に弁当なんか作らせるなよ、馬鹿」

「何だよ、それも嫉妬か？」

「そうだよ馬鹿！」

　佐知が肯定するとは思っていなかったのだろう。賢吾は鳩が豆鉄砲を食ったような顔をしたが、佐知は堰を切ったように捲し立てる。

「俺よりお前と一緒にいる伊勢崎に嫉妬したし、お前のために弁当を作ってるの見た時は何でそれお前がするの？　って思ったし、俺の誘いを断ったくせにお前が伊勢崎と中華食べてるの見た時は俺より優先するのかって腹立ったし――」

「あれは違うぞ？　仕事の相手と会う場所を伊勢崎があそこにしただけで、別にお前より伊勢崎を優先した訳じゃねえ」

「実際どうかじゃないんだよ、俺がそんなことでいちいち伊勢崎に嫉妬してたことが問題なんだよ！　ちょっと考えたら分かることなのに、うじうじうじうじ悩んで、拗ねて、怒って、駄目駄目になったことが問題なの！」

賢吾の胸倉を掴んで、ゆさゆさと揺らす。

「お前が俺を甘やかしたからだぞ！　だからこんなに駄目駄目になっちゃったんだ！　責任取れよ！」

「そうか、俺のせいで駄目駄目になったのか」

「嬉しそうにすんな、腹立つな！」

こっちは散々悩んだというのに、何てやつだ。

「だって嬉しいだろ。こっちはお前が俺なしで生きられなくなればいいって、これまでせっせと甘やかしてきたんだぞ？」

「その結果が俺だよ！　お陰で甘えん坊に育っちゃったぞ、どうしてくれるんだ！」

「そりゃあ、いっぱい甘やかされねえとな」

「一気に元気になるんじゃないよ、馬鹿！」

ぶつかる勢いでキスをすると、賢吾の手が佐知の後頭部に回る。

唇が触れるだけで、満たされていく感覚があった。

「会いに来てくれて嬉しい」

そっと唇を離すと、賢吾が囁く。

「今回は色々ありすぎて、さすがに伊勢崎に丸投げする訳にもいかねえし、お前には会えねえしで、もう頭の中ぐちゃぐちゃになってたんだ」

「忙しいのは知ってたけど、そんなに？」

「そうじゃなかったら、俺がお前を一人寝なんかさせると思うか？」

「まあ、確かに？」

一緒に暮らし始めてしばらく経ったから、慣れもあるのかなと思った。以前ほどには佐知と一緒にいられなくてもよくなっちゃったのかな、なんて。

でも、全然そうじゃなかった。佐知のそばにいないだけで、賢吾はこんなにも萎れてしまうのだ。付き合う前はそうじゃなかったから、ある意味では悪化したと言える。

「しかも、順番にお叱りの連絡は来るし」

「お叱りの連絡？」

「史に碧斗、舞桜にばばあ、組員達。くそ親父には伊勢崎も怒られたな」

「何をそんなに叱られたんだ？」

「佐知を甘やかしたのはお前だろ、何やってんだーって、まあ、そんなとこ」

「嘘だろ……?」

皆が賢吾に連絡をしていたなんて全く知らなかった。吾郎に至っては、ここのところほとんどと言っていいぐらいに顔を合わせていなかったのに。

「だって、お前は仕事で――」

「お前より、周りのほうが分かってんだ。俺が悪いって」

賢吾が責められる意味が分からない。ごちゃごちゃと考えて自滅したのは佐知で、賢吾はただ仕事をしていただけだ。呆れられるべきは佐知のはずなのに。

「お前だって自分で言ってただろ？　俺がお前を甘やかしたからだって」

「いや、そうだけど、でも――」

「お前が俺なしで生きていけなくなりゃあいいって、そういう下心ありでお前を甘やかしてたのに、いざ自分が忙しくなったらお前を放置だなんて、そりゃあ皆怒るだろ」

「そうなの、か？」

放置、というには、大分甘やかされていた気はするが、これまでと比べれば、確かに少しばかり放置はされていたかもしれない。

「お前も、やっぱり駄目駄目か」

「どうやらそのようだな」

「二人共駄目駄目」

「まったくだ」

額を触れ合わせ、互(たが)いに笑い合う。

「駄目駄目同士、これからも一緒にいような」

「これからはもっと、一緒にいようぜ」

「はは、伊勢崎に呆れられそう」

でも、一緒にいないと駄目駄目だから、きっと伊勢崎も許してくれるだろう。

「という訳で、本題なんだけど」

「本題？　ここまでが本題じゃねえのか？」

「違(ちが)う。一番の目的は別にある」

「何だよ」

「ヤらせろ」

「は？」

「俺はもうお前がいないと駄目駄目で、だからお前を補充(ほじゅう)しに来たんだ。時間がないからさっさと勃(た)たせろ」

「はあああ!?」

見下ろす佐知の下で、賢吾が目を白黒させているのが面白(おもしろ)い。賢吾にこんな顔をさせられるのは自分だけだ。

結局のところ、賢吾が足りない。足りないから、余計なことを考えるのだ。賢吾が足りなくなったら、自分から補充しに来る。これからの佐知に必要なのはそれだ。

「伊勢崎にもらった時間は二時間。大分時間をロスしてるから、早くしろ」

賢吾のスラックスのベルトに手をかけると、「ちょっと待て!」と抗議の声がする。

「お前、情緒ってもんがねえのか⁉」

「今の俺にあるのは情緒じゃない、性欲だな。それもこれもお前のせいなんだから、ちゃんと責任取れよ?」

佐知の身体をこんなにしたのは賢吾なのだから。

心が満たされたら、次は身体も充たされたい。そんな風に我が儘な佐知にしたのは賢吾なのだと開き直った。

スラックスの上から賢吾のものを撫でると、何だかんだ言ってそこは形を変え始めていて、

「良い子だな」と佐知は悪役のような笑みを浮かべる。

「おい、何か俺が食われそうな気がしてきたんだが」

「食べちゃうぞ、がお」

舌なめずりをしてみせると、賢吾の喉がごくりと鳴った。

「俺は王子様が来てくれるのを待つお姫様なんかじゃないんだ。それなのに何でおとなしく待ってたんだ、馬鹿馬鹿しい」

「今日はお前が王子様として俺を迎えに来てくれたのか？」

「そうだよ。覚悟しろよ、お姫様」

「王子様というより悪役の台詞だな」

「何だよ、悪役に襲われるのがお望みか？」

「お前が相手だったら、魔王だろうが殺人鬼だろうが、喜んでついてくな」

「ちょっとは抵抗しろよ、ばーか」

互いのベルトを外し合い、前を寛げる。

「なあ、聞いてくれる？」

すでに硬くなった賢吾のそこを取り出して、佐知はちゅっと先端にくちづけてから意味深に笑った。

「自分で中を解してきちゃった」

「……っ」

伊勢崎に指定された時間に少しだけ余裕があることに気づいて、医院に寄ってシャワーを浴びてきたのだ。もちろん、こうなることを期待して。

「だから、今すぐもらうな？」

恥も外聞もなく、自らスラックスと下着を脱ぎ捨てて賢吾に跨り直す。

「待て、佐知……久しぶりだから、無理を……く……っ」

佐知の身体を気遣う賢吾の言葉を無視して、ぐっと腰を落としてそれを呑み込んだ。

「……っ、ぁ……ばかっ、おっきくすんな……」

「どれぐらいぶりだと思ってんだ、今すぐ無茶苦茶にされねえことを感謝しろ……っ」

賢吾の手が佐知の腰を掴もうとする。その手を払い、佐知は賢吾の胸に手を置いてゆっくり腰を振り始めた。

「ぁ……駄目、今日は俺の、好きにする……っ」

賢吾のシャツのボタンを外し、乳首に触れる。ひく、と奥で賢吾のものが震えて、それがたまらなく善かった。

「あ、もっと……っ」

奥まで欲しい。その欲求に忠実に、賢吾に跨ったまま膝を立てる。自然と足が開くと、賢吾が息を呑んだ。

「……っ、佐知、お前……っ」

「ん、ん、ぁ……賢吾、きてる……奥まで、きて……っ」

身体を上下させると、ぱちゅんぱちゅんといやらしい音がする。ここに来る前に濡らしておいた中が、賢吾を食っている音だ。

「ああ、くそ……っ、佐知、達きそうか？」

「ん、ん、いく、達く、あ、もう……ア……！」

淫らに腰を振り、快感を貪る。一気に高みまで駆けあがって、がくりと身体から力を抜けば、下から無理やりに突き上げられた。

「あ、あ、待って、いった、達ったから、ちょっとだけ……あ、あぁっ」

「こんなの見せられて、止まれるかよ……！」

膝を両手で押さえて無理やりに足を大きく開かされ、がつがつと突き上げられる。不安定な体勢は佐知に身構える暇を与えず、なす術なく奥の奥まで暴かれた。

賢吾のものが中でびくびくと震える。賢吾の終わりが近いのだと知って、佐知は指を咥えて必死に射精感を我慢しようとしたが、片方の膝から離れた手が、佐知の性器に絡みつくともう駄目だった。

「あ、やめ……っ、今触ったら、出る、出ちゃうって……！」

「俺も、もう出る、佐知、佐知……」

「いや、きちゃう、きちゃうって……っ、あ、待って、馬鹿、ばか……っ！」

精液とは違うものが、びしゃびしゃと賢吾のシャツにかかる。

「やめろって、言った、いったのに……っ、あ、あ、まだ？　や、やだっ、また……っ」

やめさせたいのに賢吾の動きが止まらず、達したまま戻ってこられない。奥がぎゅうぎゅう賢吾を食い締めて、小さな呻き声と共に奥に賢吾の白濁がぶちまけられた。

「ぁ、達った……ん、ぅ……」

腹筋の力だけで起き上がった賢吾が、無理やりにくちづけてくる。

「これで終わりだと思うなよ……っ」

「や、やだっ、もう終わり、おわ……っ、あ、ぁっ」

体勢をひっくり返され、硬いデスクに背中を押しつけられて、痛いと思う暇もなくまた腰を打ちつけられた。

達したばかりの身体に力が入らず、佐知は震えながらそれを受け止めるしかなくて。

「ひ、ぁ、駄目っ、それ以上は禁止！　あ、あっ、開いちゃう、そこ、ひらいちゃう、から……っ」

「ああ、ここが開くな、佐知……ほら、もうすぐ……」

「ひ、ぐっ、ん、ん、ァ……っ！」

奥の奥まで侵入を許し、その暴力的な快楽に抵抗することもできずに賢吾に全てを明け渡した。

そして獣のように絡み合い、荒々しく互いの肉欲を満たす。

——佐知のスマートフォンのアラームが鳴るまで。

「ほら、ちゃんと身体を拭けよ」

あんなに動いた後なのが信じられないぐらいに、賢吾が甲斐甲斐しく世話を焼いてくる。

「なあ、お前それ……」

されるがままになっていた佐知は、腕まくりをした賢吾の腕にあるものを見つけ、ゆっくりと気だるい身体を起こした。

「何だ？　ひっかき傷でも……あ」

佐知の視線の先を追った賢吾がそれに気づいて慌てて手で隠したが、しっかりばっちり見た後である。

「何で残ってるんだ？」

賢吾の腕にあったのは、随分前に佐知が書いた小さなハートマークだった。油性マジックではあるが、さすがにこんなに長い間消えないなんてあり得ない。

「――から」

「え？」

「だから！　描き足してたからだって！」

「へ？」

描き足してたって、ハートマークを？

「消えそうになるたびに、自分で上から塗り直してたってことか？」

「そうだよ！　悪いか！」

「ぷっ、は、はははははっ！」

賢吾が油性ペンを持ってちまちまと佐知が描いた跡をなぞっているのを想像したら、もう駄目だった。

何て可愛すぎるんだろう。愛おしすぎる。

「また描いてやろうか？」

「いい。馬鹿にしやがって」

心なしか、賢吾の唇が尖っている。すっかり拗ねた賢吾にまた笑って、佐知は起き上がった勢いで手早く身を整えた。

「よし、可愛い賢吾も堪能したことだし、じゃあ俺帰るわ、バイバイ」

「おい、すっきりした顔でさっさと帰ろうとするな。ヤリ逃げなんて最低だぞ」

「またヤリたくなったら来るからよろしく」

「セフレ扱いはやめろ」

デスクから降りて、嫌な顔をする賢吾の唇にちゅっとくちづける。

「恋人兼家族兼幼馴染み兼セフレなんて最高だな？」

そうして捕まえようとしてくる手を躱し、さっと身を離して佐知は笑った。

「早く帰ってきてね、ダーリン」

「お前……っ、帰ったら一晩中離さねえからな！」

「いつでもどうぞー」

賢吾の悔しそうな声を背中で聞きながら、事務所を後にする。

「十分オーバーですよ？」

外で待ち構えていた伊勢崎が、わざとらしく腕時計を指で差した。佐知はそれに答えず、代わりに言った。

「なあ伊勢崎」

「何でしょう？」

「これからもよろしく」

謝ることももちろん考えたし、ちゃんと説明しなくちゃとも思っていた。でも伊勢崎の顔を見たら、そんなものは全然必要ないのだと分かったから。

これからは伊勢崎に嫉妬する前に、自分で行動するのだ。

「……末永く」

伊勢崎の返事は短かったが、いつになく素直なものだった。それに満足して、佐知は後ろ手に手を振りながら歩き出す。

「さあ、帰ってご飯作るか」

きっと今頃、やきもきしながら史が待ってるはずだ。もしかしたら一番手強い相手かもしれない史の怒った顔を思い浮かべ、スーパーに寄ることにした。

どんな料理でご機嫌を取ろうかな、なんて考えながら。

「あれ、東雲さん？」

スーパーに入ってすぐに、後ろから声をかけられた。振り向くと、普段着姿の高坂がこちらに向かって歩いてくるところで。

「高坂さんもこちらのスーパーをお使いだったんですか？」

「はい。いつもはこの時間には来ないんですけど、ちょっと醤油を切らしてしまって」

ははは、と頭を掻いた高坂は、「ちょうどよかった」と手を叩いた。

「次の集まりのことなんですけど、仕事をしている人も多いので、そういう方が仕事を休まなくてもいいように、試験的にウェブ会議の方式を取り入れてみようかと思っているんです」

「うわあ、それは助かりますね」

学校への移動は地味に時間を取られる。医院から直接参加できるなら、願ったり叶ったりである。

「少しでも手間を減らしていかないと、子供と過ごす時間も減ってしまいますので、広報の仕事もなるべく無駄のないようにできたらいいと思っています」

「素晴らしいです」

仕事が減るのはいいことだ。朗報続きで佐知が顔を綻ばせると、高坂は照れた顔で頭を掻いた。それからふと気づいた顔で言う。

「そういえば、あれから史君のお父さんとは会え……あ、すみません！　不躾なことを聞いてしまって！」

何でもありませんと慌てて手を振る高坂に「会えましたよ」と答えたのは、あの場を見られた以上、気になるのが当たり前だと思ったからだ。

「そうですか！　本当によかったです。お忙しい方のようだったので、ちゃんと会えたかなと、それだけ心配で」

「まだもうちょっと忙しいのは続くみたいなんですけど、早く帰れるように頑張ってくれるらしいです」

「早く帰ってこられるといいですね。子供の成長を見逃すのは勿体ないですから」

その言葉に、あの時ひどく心が揺さぶられたことを思い出す。

『忙しい、という言葉を言い訳にしていたら、時間はあっという間に過ぎてしまうのに』

高坂が言った通り、確かに時間はあっという間に過ぎてしまう。だからこそ、ただ待っているだけでは駄目なのだ。

「高坂さんのお陰かもしれません」

「え？」

「高坂さんがあの時言ったじゃないですか、忙しいという言葉を言い訳にしてたら、時間はあっという間に過ぎてしまうって。それが心の片隅にあったから、会いに行こうって思えたのかも。だから、ありがとうございます」

「いえいえそんな！　お礼を言われるようなことは何も！」

慌てて手をぶんぶんと顔の前で振る高坂に笑って、佐知は「史が待ってますので、さっと買い物して帰ります」とおどけて敬礼して高坂から離れた。

よし、今日はすき焼きにしよう。史の機嫌を取るにはすき焼きが一番だ。

「どうやら、仲直りしたってところかな？」

まさか、お礼を言われるとは思わなかった。すっきりした表情で去っていった男の後ろ姿を見送っていると、内ポケットのスマートフォンが震える。取り出して液晶画面を確かめて、高坂はふわりと甘い笑みを零した。

「もしもし、あなたから電話をくれるなんて珍しいね」

蜜を煮詰めたような甘い声は、通話の相手だけに聞かせる特別だ。耳に届く声が心地よくて、いくらでも聴いていたい気持ちになる。

「え？　佐知さん？　ちょうどさっきまで話していたところだよ。……ああ、あなたが言っていた通りの人だったね。ふふ、確かにとてもいい人そうだ。あまりにいい人すぎて心配になるぐらいに、ね」

あんなところで暮らしているとは思えないぐらいに、警戒心のない人。ああいう人を恋人に持つと苦労するだろう。その点では東雲賢吾という男には同情する。

「え？　別に意地悪なんてしてないよ？　ただ少し、刺激を与えてあげようかなって。……そう、意外と強くてびっくりしちゃった」

あなたが興味を持ったからかな？　僕まで気になってきちゃったよ。

「うん、うん、了解。いつ帰ってくるの？　え、本当に⁉　分かった、美味しいご飯を作って待ってるよ。——うん、僕はあなたの犬だから」

長い時間かかって、やっと犬になることができた。その喜びは、どんな刺激的な日常とだって比較できない。

通話が切れたのを確認して、スマートフォンを内ポケットに戻す。ついでに表情も元に戻し、人のよい会社員の顔を作った。

「待てができないなんて、信じられないな」

僕なら、あの人が誰とどこへ出掛けたっていくらでも待てる。

だって、犬は飼い主を待つものだから。

「さあ、今日は何を作ろうかな」

鼻歌混じりに歩き出す。あの人が好きなものを、たくさん用意しなくちゃ。

賢吾が見事日常を取り戻したのは、それから三日後のことだった。

いや、日常を取り戻したというには語弊（ごへい）がある。ようやく仕事が落ち着いた賢吾が久しぶりに夕飯に間に合うように帰ってくれば、居間にいたのはフグ……ではなく、ふくれっ面（つら）の史だったからだ。

「ただいまー」

賢吾が居間に入ろうとした途端（とたん）、フグ……いや、史がそれを遮（さえぎ）る。史の横を伊勢崎が横切った。

「おい、何でお前は入れるんだ」

「日頃（ひごろ）の行いではないでしょうか？」

ちっと賢吾が舌を打つと、史が「ぱぱ！」と怒鳴（どな）りつける。

「ぱぱはおしごととぼくたち、どっちがだいじなの⁉」

「わお。恋人に言っちゃいけない台詞（せりふ）ランキング上位に入りそうな台詞」

「さちはだまってて！」

「はい」

仁王立ちする史に阻まれて居間に入れてもらえない賢吾がちらりとこちらに視線を送ってくるが、佐知は肩を竦めることしかできない。

「これはかなりご立腹のようですね」

「朝からずっとこの調子なんだよ」

今朝、今日の夕飯時にはパパが帰ってくるぞ、と伝えた時から、ずっとこうだったのだ。寂しい思いをした史に許してやれと言えないのは、佐知自身、賢吾のところに乗り込んでいったからである。

「高みの見物といきましょう」

珍しく伊勢崎がにやにやしているのは、この後舞桜との生活に戻れるからか、それともここ最近のストレス発散か。たぶんその両方だろう。

「ぱぱ！　ぼくたちずっとさみしかったよ!?」

「あ、ああ、悪かった、もう仕事は落ち着いたから——」

「とくにさちがすっごくさみしがってた！　あのねえぱぱ！　つったさかなにえさをやらないおとこはきらわれるんだよ!?」

史の口からとんでもない言葉が飛び出し、賢吾が目を丸くする。

「お前、どこでそんな言葉を覚えてきたんだ」

「ぱぱ！」

「いや、俺はそんなことを言った覚えは――」

「いいからききなさい！」

「はい」

腰に手を当てて賢吾を睨みつける史と、神妙な顔で頷く賢吾。どっちが親だか、分かったものではない。

「ぼくとさちにはいっぱいえさをくれないと、ぼくたちぱぱのことをすててどっかにいっちゃうんだからね！」

「そうだそうだ！　いいぞ史、もっと言ってやれ！」

甘やかしたのは賢吾なのだから、責任を取って甘やかし続けてくれなくては困る。佐知が一緒になってからかうと、賢吾は思い切り眉間に皺を寄せた。

「は？　許す訳ねえだろうが、何言って――」

「しののめけかくん!!」

「え？」

「どんなにいそがしくても、ごはんはいっしょにたべること！」

史はぷくりと頰を膨らませ、腕を組んで言った。

「あさでもひるでもよるでもいいから、いちにちいっかいはいっしょにごはんをたべること！　どうしてもだめなときは、ちゃんとれんらくすること！　やぶったらぼく、ぱぱのことゆるさないからね！」

東雲家の家訓は、史がここに来たばかりの頃に賢吾が作ったものだ。今でも時々家訓が増えていっているが、どうやら本日、また新しい家訓が追加されることになったらしい。

「ぱぱ、おへんじは⁉」

「はい、分かりました」

ぷりぷりと怒る史からのたっぷりの愛情を感じて、賢吾は照れたような困ったような顔で頷いた。

ぷっ、と伊勢崎が噴き出す。

「若は、よいご家族をお持ちで」

「伊勢崎にだっているだろ？　あ、そうか、まだ厳密には家族じゃなかったっけ？」

佐知が口元を引き上げて言うと、伊勢崎も口元に笑みを浮かべて返してくる。

「佐知さん、反省は見せるべきだと思いませんか？　俺に嫉妬していたそうですね。若が鼻の下を馬鹿みたいに伸ばして嬉しそうにおっしゃってましたよ？」

「反省してないように見える？」

「むしろどの辺りに反省を感じればいいのかと悩むぐらいには」

「俺はね、伊勢崎、今日舞桜に聞かれたんだ。疲れて帰ってくる晴海さんを癒すにはどうしてあげたらいいでしょうって。だから言ってやったよ、伊勢崎の望むこと全部叶えてやればいいんじゃないかって」

「佐知さん、俺が間違っていました。その反省、ありがたく受け取ります」

「うん。賢吾のことはもういいから、今すぐ舞桜のところに行ってあげて」

伊勢崎に嫉妬する気持ちが完全になくなった訳ではないが、口に出せるようになった分、胸のもやもやはかなりましになった。

「伊勢崎、怒ってる?」

「俺が怒るとしたら、佐知さんが俺に嫉妬する気持ちを隠したことですかね」

「もう二度としない。今度からは思いっきりぶつけるから」

「嫉妬しない、という選択肢はないんですかねえ」

「え、何? お前、無能になる予定があるの?」

「なる暇がありませんね」

「だよなあ」

佐知と伊勢崎がそんな会話を続けている間にも、史のお説教は続いていた。

「それから、ぼくたちをゆうえんちにつれていくこと!」

「分かった」

「ぜったいだからね?」

「約束はちゃんと守る」

「だったら、いれてあげる」

やっと史の許しを得て、賢吾が居間に足を踏み入れる。そんな賢吾の背後をそっと抜け、居間から出ていく伊勢崎の背中を見送った。

伊勢崎の前に、碧斗という強敵が立ち塞がりませんように。

そんなことを考えつつ、佐知のもとまで来た賢吾に笑顔を向ける。

「おかえり、賢吾」

「ただいま、佐知」

「おかえり、ぱぱ！」

「ただいま、史」

飛びついてきた史を抱き上げて、賢吾が「宿題は終わったのか？」と声をかけるのを背中で聞き、佐知は夕飯作りのためにキッチンに戻る。

今夜は久しぶりに三人揃っての夕飯だから、腕によりをかけて栄養のあるものを食べさせるつもりである。

「ねえぱぱ、ぼくのおてがみ、やくにたった？」

「ああ、もちろん。教えてくれて助かった」

「もうぜったい、さちをさみしがらせちゃだめだよ？」

「分かった。ありがとうな、史」

「おとことおとこのやくそく！」

じゅうじゅうと肉を焼く音で、二人の会話が掴めない。

「えー？　何か言ったかー？」

張り上げた史の声に、佐知が話しかけられたのかと思ったが、どうやらそうではなかったらしい。

「ううん、なんでもなーい！」

佐知が首を傾げると、賢吾と史が声を上げて笑う。

「おい何だよ、また俺を仲間外れにしてるだろ！」

「さちにはないしょー」

「内緒だよなあ」

「そんな意地悪なことをするなら、二人共おかずを減らすからな！」

「おい佐知、横暴だぞ！」

「おうぼうだ！」

抗議してくる二人に、佐知はつんと顔を背けて知らん顔をする。でもすぐに堪え切れずに笑ってしまい、最後は三人一緒に声を上げて笑った。

ああ、日常が戻ってきたな。

そのことにほっとする。

これからも賢吾が忙しくなる時は何度もあるだろう。けれどもう、佐知はただ家で待つだけなんてことはしないのだ。

会いたい時は会いに行く。賢吾が寂しい思いをしないように、佐知が寂しくならないように、我慢なんかしないで会うための努力をする。

きっとまだまだ佐知はこの気持ちに振り回されるだろう。今日より明日、明日より明後日。賢吾への思いは強くなる一方で。

恋をして、それが愛に変わって。互いの愛を受け止めて、混じり合って、幸せになって。それでめでたしめでたし、ではないのだ。

賢吾を思う気持ちに終わりなんかなくて、天井もなくて、落ち着くどころかより一層この気持ちに振り回されている。

「愛って怖いなあ」

だけど、逃げたいなんて思わない。真正面から受け止めて、受け入れて、いつか京香みたいに丸のみにするぐらいの愛情で賢吾を包み込みたい。

今はまだ、賢吾の通った道を追いかけているだけかもしれないけれど。きっといつか、賢吾の思いを追い抜いて、この愛の重さを思い知らせてやるのだ。

「今日の晩飯は何だ？」

背中越しに賢吾の温もりが触れる。腰を抱き寄せられ、肩越しに手元を覗き込まれた。

「知りませーん」

「お、肉じゃがか？　やった、食いてえと思ってたんだ」

「人参を山ほど入れてやるから覚悟しろ」

「佐知、悪かったって。何でもするから機嫌直してくれよ」

「へえ……何でも、ねえ」

佐知は賢吾の頰に、掠め取るようなキスをする。

「だったら、今夜もちゃんと餌をくれよ？」

「……っ」

耳元で囁くと、賢吾が息を呑む音が聞こえた。腰を抱く腕にぐっと力が籠もって、佐知はそれにくすくすと笑う。

もちろん、賢吾に愛される努力だって惜しまない。ほんの一瞬だって余所見なんかできないように、翻弄してやるのだ。

覚悟しろよ、賢吾。俺の愛は相当重いからな。もしかしたら本当は、お前よりずっと重かったりするのかもしれない。

自分でもちょっと怖いが、今更遅い。この気持ちと一緒に、これからも走り続けていくしかないのだ。

「愛してるよ、賢吾」

でもまあとりあえず。
今日の夜は、存分に甘やかしてもらうとしよう。

あとがき

皆様こんにちは、佐倉温です。毎回ここで皆様にお会いする時には緊張いたしますが、今回は特にハラハラドキドキしております。笑顔でここに辿り着いてくださっていますように。

今回のお話はなかなか一筋縄ではいかないお話となっておりまして、皆様それぞれ感想が違ったものになるかもしれません。

賢吾に愛され、いつでも前向き、愛されている自信に満ち溢れていた佐知に、これまでとは違う試練が訪れます。もしかしたら、どうして今更、と思った方もいるかもしれませんが、今だからこそのこのお話でした。

これまでの佐知と違うのは、佐知が愛することに貪欲になったことです。愛って一筋縄ではいかなくて、しかも千差万別。賢吾が通ってきた道筋を佐知が通ることによって、これまで見えなかったことが見えてきたりもして、愛の新たな一面に振り回される佐知を書くのは大変でした。でもまあきっと、今作の伊勢崎さんほどではありませんね（笑）。

新生活ということで、新たなキャラクターも加わり、名前が出ているだけの人を含めると、何と今作は総勢二十人という過去最高の大所帯となりました。これもシリーズとして書かせていただいているからこそだと思いますので、皆様には本当に感謝しております。

今作も、イラストは桜城やや先生が描いてくださいました！　いつも本当に素敵なイラストを描いてくださってありがとうございます！　表紙イラストの三人の爽やかな表情があまりにも素敵で、ずっとにまにましながら眺めております。小学生になった史も可愛くて、思わず拝んでしまいました。

そして今作は、桜城やや先生が描いてくださっているコミカライズ作品である『極道さんは愛されるパパで愛妻家』と同時発売となっております。ジーノ君初登場にして、史の可愛さを堪能できる巻ですので、よろしければそちらのほうも楽しんでいただけましたら嬉しいです。

そしてそして、何と『極道さんはパパで愛妻家』のボイスコミックも配信されます！　こんな日が来るとは夢にも思いませんでした。賢吾と佐知と史があまりにも想像通りの声で感激したので、ぜひ皆様も聴いてみてくださいね。

それから担当様。毎回のことながら、担当様なしでは書き上げることができませんでした。妥協せず、忌憚のない意見をくださったり、物語のアイデアの種になるような閃きをくださることに、いつも本当に感謝しております。これからもどうぞよろしくお願いいたします！

そして最後に、今この本を読んでくださっている皆様。最後までお付き合いいただき、本当にありがとうございます。楽しんでいただけましたでしょうか？　世の中は目まぐるしく変化し、心がざわつくことも多いですが、この作品が皆様の日常にほんの少しでも笑顔になれる時間を増やすお手伝いができますように。

それでは、またお会いできることを願っております。

二〇二三年　十月

佐倉　温

極道さんは新生活でもパパで愛妻家
佐倉 温

角川ルビー文庫 23926

2023年12月1日 初版発行

発行者——山下直久
発 行——株式会社KADOKAWA
〒102-8177 東京都千代田区富士見2-13-3
電話 0570-002-301(ナビダイヤル)
印刷所——株式会社暁印刷
製本所——本間製本株式会社
装幀者——鈴木洋介

●お問い合わせ
https://www.kadokawa.co.jp/ (「お問い合わせ」へお進みください)
※内容によっては、お答えできない場合があります。
※サポートは日本国内のみとさせていただきます。
※Japanese text only

ISBN978-4-04-114424-4 C0193 定価はカバーに表示してあります。

◇◇◇